幸福的
七种颜色

毕淑敏散文集

毕淑敏

著

北 京 出 版 集 团
北京十月文艺出版社

目 录

幸福应该有多少种颜色呢？

说不清。我回答。

大家听了可能有点迷糊，说你自己既然不知道，为什么又曾说过有七种颜色呢？

在文化中，"七"这个数字，有一点古怪。

欧洲人自古以来就格外钟情于"七"这个数字。最早的源头该是古希腊人，许多巧合都和七有关。希腊人认为自然界是由水火风土四种元素组成的，而社会的基本细胞是家庭。把完整的家庭细分，是由父亲、母亲和孩子三部分组成。再做一次加法，把自然和社会组成的世界统计一下，就有七种基本元素。古希腊人酷爱加法，认为世界的基本图形是正方形、三角形以及完美的圆形，毕达哥拉斯学派就是这一主张的坚定拥趸。你劳神把这些图形的角的数量加起来，哈！也是七。由于太多的东西与神秘的七有关，他们造七座坛、献七份祭、行七次叩拜之礼，什么都爱凑个七字。"七大主教""七大美德"，连罪也要数到"七宗罪"。当然，最著名的是神也喜欢七，于是一个礼拜是七天，第七天你可以休息。

七在佛教里面也是吉祥之数，有七宝、七层浮屠等。中华文化对七也颇多好感。《说文》里面说：七，阳之正。这个七啊，又神秘又空灵。常为泛指，表明多的意思。

托尔斯泰老人家说，幸福的家庭都是相似的，唯有不幸的家庭，各有各的不幸。我当过多年的心理医生，觉得不幸的家庭都是相似的，唯有幸福的家庭却是各有各的不同。

你可能要说，这不是成心和托尔斯泰抬杠嘛！我还没有落到那种无事生非的地步。你想啊，只有香甜的味道，才可反复品尝，才能添加更多的美味在其中，让味蕾快乐起舞。比如椰蓉，比如可可，比如奶油……丰富的层次会让你觉得生活美好万象更新。如果那底味已是巨咸巨苦巨涩，任你再搁进多少冰糖多少香料，都顷刻消解。那难耐难忍的味道，依然所向披靡，让你除了干呕，再无良策。

早年间我当兵在西藏阿里，冬天大雪封山，零下几十摄氏度的严寒，断绝了一切和外界的联系。我们每日除了工作，就是望着雪山冰川发呆。有一天，闲坐的女孩子们突然争论起来，求证一片黄连素的苦，可以平衡多少葡萄糖的甜？（由此可见，我们已多么百无聊赖！）一派说，大约500毫升5%的葡萄糖就可以中和苦味了。另外一派说，估计不灵。500毫升葡萄糖是可以的，只是浓度要提高，起码提到10％，甚至25％……争执不下，最后决定实地测查。那时候，我们是卫生员，葡萄糖和黄连素乃手到擒来之物，说试就试。方案很简单，把一片黄连素用药钵细细磨碎了，先泡在5％浓度的葡萄糖水里，大家分别来尝尝，若是不苦了，就算找到答案了。要是还苦，就继续向溶液里添加高浓度的葡萄糖，直到不苦了为止，然后计算比例。临到实验开始，我突然有些许不安。虽然小女兵们利用工作之便，搞到这两种药品都不费吹灰之力，但藏北距离内地，山路迢迢，关山重重。物品运送到阿里不容易啊，不应这样为了自己的好奇暴殄天物。黄连碎末混入到葡萄糖液里，整整一瓶原本可以输入血管救死扶伤的营养液，就报废了。至于黄连素，虽不是特别宝贵的东西，能省也省着点吧。我说，咱缩减一下量，黄连素只用四分之一片，葡萄糖液也只用四分之一瓶，行不行呢？

我是班长，大家挺尊重我的意见的，说好啊。有人想起前两天有一瓶葡萄糖，里面漂了个小黑点，不知道是什么杂物，不敢输入到病人身体里面，现在用来做苦甜之战的试验品，也算废物利用了。

试验开始。四分之一片没有包裹糖衣的黄连素被碾成粉末（记得操作这一步骤的时候，搅动得四周空气都是苦的），兑到125毫升的5％的葡萄糖水中。那个最先提出以这个浓度就可消解黄连之苦的女孩，率先用舌头舔了舔已经变成黄色的液体。她是这一比例的倡导者，大家怕她就算觉得微苦，也要装出不苦的样子，损伤试验的公正性，将信将疑地盯着她的脸色。没想到她大口吐着唾沫，连连叫着，苦死了，你们千万不要来试，赶紧往里面兑糖……我们为自己以小人之心度君子之腹感到羞惭，拿起高浓度的糖就往黄水里倒，然后又推举一个人来尝。这回试验者不停地咳嗽，咧着嘴巴吐着舌头说，太苦了，啥都别说了，兑糖吧……那一天，循环往复的场景就是——女孩子们不断地往小半瓶微黄的液体里兑着葡萄糖，然后伸出舌尖来舔，顷刻抽搐着脸，大叫"苦啊苦啊"……

直到糖水已经浓到了几乎要拉出黏丝，那液体还是只需一滴，就会苦得让人寒战。试验到此被迫告停，好奇的女兵们到底也没有求证出多少葡萄糖能够中和黄连的苦味。大家意犹未尽，又试着把整片的黄连泡进剩下的半瓶里去，趁着黄连还没有融化，一口吞下，看看结果若何。这一次，很快得到证明，没有融化的黄连之苦，还是可以忍受的。

把这个试验一步步说出来，真是无聊至极。不过，它也让我体会到，即使你一生中一定会邂逅黄连，比如生活强有力地非要赐予你极困窘的境遇，比如你遭逢危及生命的重患，必得要用黄连解救，比如……你都可以毫无惧色地吞咽黄连。毕竟，黄连是一味良药啊！只是，千万不要人为地将黄连碾碎，再细细品尝，敝帚自珍地长久回味。太多的人，习惯珍藏苦难，甚至以此自傲和自虐。这种对苦难的持久迷恋和品尝，会毒化你的感官，会损伤你对美好生活的精细体察，还会让你歧视没有经受过苦难的人。这些就是苦难的副作用。苦的力量比甜的力量，要强大得多。不要把黄连碾碎，不要让它丝丝入扣地嵌入我们的生活。

　　只要你认真寻找，幸福比比皆是。幸福不是一种颜色，也不是七种颜色，甚至也不是一百种颜色……幸福比所有这些的相加还要多，幸福是无限的。

提醒幸福

　　我们从小就习惯了在提醒中过日子。天气刚有一丝风吹草动，妈妈就说，别忘了多穿衣服。才相识了一个朋友，爸爸就说，小心他是个骗子。你取得了一点成功，还没容得乐出声来，所有关切着你的人一起说，别骄傲！你沉浸在欢快中的时候，自己不停地对自己说：千万不可太高兴，苦难也许马上就要降临……

　　我们已经习惯于提醒，提醒的后缀词总是灾祸。灾祸似乎成了提醒的专利，把提醒也染得充满了淡淡的贬义。

　　我们已经习惯了在提醒中过日子，看得见的恐惧和看不见的恐惧始终像乌鸦盘旋在头顶。

　　在皓月当空的良宵，提醒会走出来对你说：注意风暴。于是我们忽略了皎洁的月光，急急忙忙做好风暴来临的一切准备。当我们大睁着眼睛枕戈待旦之时，风暴却像迟归的羊群，不知在哪里徘徊。当我们实在忍受不了等待灾难的煎熬时，我们甚至会恶意地祈盼风暴早些到来。

在许多夜晚，风暴始终没有降临。我们辜负了冰冷如银的月光。

风暴终于姗姗地来了。我们怅然发现，所做的准备多半是没有用的。事先能够抵御的风险毕竟有限，世上无法预计的灾难却是无限的。战胜灾难靠的更多的是临门一脚，先前的惴惴不安帮不上忙。

当风暴的尾巴终于远去，我们守住凌乱的家园。气还没有喘匀，新的提醒又智慧地响起来，我们又开始对未来充满恐惧的期待。

人生总是有灾难。其实大多数人早已练就了对灾难的从容，我们只是还没有学会灾难间隙的快活。我们太多注重自己警觉苦难，我们太忽视提醒幸福。

请从此注意幸福！

幸福也需要提醒吗？

提醒注意跌倒……提醒注意路滑……提醒受骗上当……提醒荣辱不惊……先哲们提醒了我们一万零一次，却不提醒我们幸福。

也许他们认为幸福不提醒也跑不了的。也许他们以为好的东西你自会珍惜，犯不上谆谆告诫。也许他们太崇尚血与火，觉得幸福无足挂齿。他们总是站在危崖上，指点我们逃离未来的苦难。

但避去苦难之后的时间是什么？

那就是幸福啊！

享受幸福是需要学习的，当幸福即将来临的时刻需要提醒。人可以自然而然地学会感官的享乐，却无法天生地掌握幸福的韵律。灵魂的快意同器官的舒适像一对孪生兄弟，时而相傍相依，时而南辕北辙。

幸福是一种心灵的震颤，它像会倾听音乐的耳朵一样，需要不断地训练。

简言之，幸福就是没有痛苦的时刻。它出现的频率并不像我们想象的那样少。人们常常只是在幸福的金马车已经驶过去很远，捡起地上的金鬃毛说，原来我见过它。

人们喜爱回味幸福的标本，却忽略幸福披着露水散发清香的时刻。那时候我们往往步履匆匆，瞻前顾后，不知在忙着什么。

世上有预报台风的，有预报蝗虫的，有预报瘟疫的，有预报地震的。没有人预报幸福。

其实幸福和世界万物一样，有它的征兆。

幸福常常是朦胧地、很有节制地向我们喷洒甘霖。你不要总希冀轰轰烈烈的幸福，它多半只是悄悄地扑面而来。你也不要企图把水龙头拧得更大，使幸福很快地流失。而需静静地以平和之心，体验幸福的真谛。

幸福绝大多数是朴素的。它不会像信号弹似的，在很高的天际闪烁红色的光芒。它披着本色的外衣，亲切温暖地包裹起我们。

幸福不喜欢喧嚣浮华，常常在暗淡中降临。贫困中相濡以沫的一块糕饼，患难中心心相印的一个眼神，父亲一次粗糙的抚摸，女友一个温馨的字条……都是千金难买的幸福啊。像一粒粒缀在旧绸子上的红宝石，在凄凉中越发熠熠夺目。

幸福有时会同我们开一个玩笑，乔装打扮而来。机遇、友情、成功、团圆……它们都酷似幸福，但它们并不等同于幸福。幸福会借了它们的衣裙，袅袅婷婷而来，走得近了，揭去帷幔，才发觉它有钢铁般的内核。幸福有时会很短暂，不像苦难似的笼罩天空。如果把人生的苦难和幸福分置天平两端，苦难体积庞大，幸福可能只是一块小小的矿石。但指针一定会向幸福这一侧倾斜，因为它是有生命的黄金。

幸福有梯形的切面，它可以扩大也可以缩小，就看你是否珍惜。

我们要提高对幸福的警惕，当它到来的时刻，激情地享受每一分钟。据科学家研究，有意注意的结果比无意要好得多。

当春天到来的时候，我们要对自己说，这是春天啦！心里就会泛起茸茸的绿意。

幸福的时候，我们要对自己说，请记住这一刻！幸福就会长久地伴随我们。

那我们岂不是拥有了更多的幸福！

所以，丰收的季节，先不要去想可能的灾年，我们还有漫长的冬季来得及考虑这件事。我们要和朋友们跳舞唱歌，渲染喜悦。既然种子已经回报了汗水，我们就有权沉浸幸福。不要管以后的风霜雨雪，让我们先把麦子磨成面粉，烘一个香喷喷的面包。

所以，当我们从天涯海角相聚在一起的时候，请不要踌躇片刻后的别离。在今后漫长的岁月里，有无数孤寂的夜晚可以独自品尝愁绪。

现在的每一分钟，都让它像纯净的酒精，燃烧成幸福的淡蓝色火焰，不留一丝渣滓。让我们一起举杯，说：我很幸福。

所以，当我们守候在年迈的父母膝下时，哪怕他们鬓发苍苍，哪怕他们垂垂老矣，你都要有勇气对自己说：我很幸福。因为天地无常，总有一天你会失去他们，会无限追悔此刻的时光。

幸福并不与财富地位声望婚姻同步，它只是你心灵的感觉。

所以，当我们一无所有的时候，我们也能够说：我很幸福。因为我们还有健康的身体。当我们不再享有健康的时候，那些最勇敢的人可以依然微笑着说：我很幸福。因为我还有一颗健康的心。甚至当我们连心都不再存在的时候，那些人类最优秀的分子仍旧可以对宇宙大声说：我很幸福。因为我曾经生活过。

常常提醒自己注意幸福，就像在寒冷的日子里经常看看太阳，心就不知不觉暖洋洋亮光光。

　　现今家庭，有些简直成了情绪火葬场。一位女友说，先生在外面笑眯眯，人人都赞脾气好，可回到家里，满脸晦气，令人沮丧。女友恼火地抗议，你不要金玉其外，轮到自家人时，却像八大山人笔下的鱼鹰，白眼球多，黑眼球少。先生立即反驳道，人又不是仪器，不可能总调整在最佳状态。发愁的时候，懊恼的时候，垂头丧气的时候，你让我到哪里撒火？和领导吵吗？不敢抗上。和同事争吗？来日方长，得罪不起。在公共汽车上和不相干的人口角吗？人家招你惹你了？那不是伤及无辜吗？太不五讲四美。女友说，我是你亲人，却经常看你黑脸，你这不是残害忠良吗？先生说，家是最隐蔽最放松的场所，一个人若是在家里都不能扒下面具，赤裸裸做人，那才是大悲哀。我阴沉着脸，并非对你恶意，只是情绪病了。你装聋作哑好了，不必同我一般见识。有什么不中听的话，并非针对你，只是宣泄独自的郁闷。如果你爱我，就请原谅我的种种真实……

女友困惑地说，人怎么能把家庭当作消化情绪的垃圾场？这样下去，谈何幸福?!

我倒以为幸福的家庭，不妨成为回收情绪垃圾的炼炉。将成员的种种不快以至愤慨忧愁苦恼悲凉……都虚怀若谷地包容下来，然后紧闭炉门，不再泄漏。让那炉中真火慢慢熬炼，直到怨气焚化成白色无害的灰烬，随风飘逝，不见踪影。

这事说起来简便，实施的时候，却很易失控。人在家居，心不设防，就像没打过麻疹疫苗的小儿，对情绪缺少抵抗力。一旦心境恶劣，极易传染他人。又因至爱亲朋，血脉相通，结果一人发火，污染全体，大家受难。很多原本是外界的小风波，最后演成家庭的全武行。

好的家庭要有丝网般的过滤功能。快乐的幸福的消息，如高屋建瓴，肥水快流，多拉快跑，让佳音火速进入所有成员的耳鼓。忧郁的不幸的消息，只要不关急务，便遮掩它，延宕它，让时间冲刷它的苦涩，让风霜漂白它触目惊心的严酷。

好的家庭是会变形的镜片，能发生奇妙的折射。凸透使视物变大，凹透使视物变小。如果是愉快的源泉，哪怕只是夫妻间的一个手势，孩子捧出的一杯清水，远方朋友的一个问候，陌生人的一个祝福……都应透过放大镜，使它纤毫毕现，华光四射。让一朵杜鹃，蔓延出一片火红的山谷。让一个口哨，轰响成一部辉煌的乐章。从一片面包，憧憬出今后日子的和美丰足。携一缕春风，扩展成融融暖意，铺满整个家庭空间。

如果是苦难和灾异，比如亲朋远逝，祸起萧墙，泰山压顶，骤雨狂风……降临的种种天灾人祸，经了家庭镜片的折射，都应竭力缩小它的规模——淡化压力的强度，软化尖锐的硬度，衰减震荡的烈度，压缩波及的范围，控制哀痛的伤害，截短作用的时间……让家人在家的庇护下，惊魂甫定，休养生息，疗治创口，积聚新力，重新敛起生活的勇气。

这是否是澳洲鸵鸟的战术，一厢情愿？我想明晰的镜片和浑黄的沙砾有原则区别。无论喜讯还是噩耗，通过家庭镜片的折射，它们未曾消失，依然健在，改变的只是外界事物作用于我们的感觉。

放大欢乐，缩小痛苦，这就是幸福家庭的奇妙镜片功能。

今日世上多预报。比如天气预报，地震预报，商情预报，服装流行趋势预报，甚至连几十年上百年后的日月食，都有了分秒不差的天象预报。不知为什么一桩婚姻诞生时，却没人对它的走向发布家庭幸福趋势预报？

料想此事太难。

人无慧眼，可穿透岁月层叠的雾岚，窥见新人的沧海桑田。天会变，道亦会变。地位、相貌、健康、性格……都像拥挤的卵石，在时间的渠里磕磕绊绊，几十年冲刷下来，筚路蓝缕，旧貌新颜，有的化作晶莹玛瑙，有的碎成粉渣石屑。意志不是金刚水钻，没有那么坚不可摧的硬度，柔软多孔的人心是善变的精灵。

更无一把衡尺，可丈量幸福的杯子是否饱满。你以为汹涌澎湃，他却道涓涓细滴。你陷入悲恸欲绝，她沉浸风花雪月。思维无并联，神经永绝缘，是动物的造化之幸，也是人的悲哀之源。幸福也许是高速车上捆绑的安全带，因人制宜，松窄可调，不到车毁人危的关头，看不出它所捆定的价值。

幸福无框架，幸福无定义，幸福不会立此存照，幸福无法预支和储蓄。幸福可以压缩，幸福可以扩展。幸福无保修，幸福无退换……谁愿面对一件标准模糊的朦胧产品，说短论长？

家庭的幸福，难道真是百面妖魔，没有丝毫蛛丝马迹可寻？幸福的趋势，竟如盲人摸象，永无程序可考？设想婚礼的筵席上，若有预告幸福指点迷津的权威术士，该是最受敬畏的上宾。

不知未卜先知的哲人，有何手段击穿未来，烛照今夕？依我之心，窃以为该先测测双方的智商。假如智慧相等或差池在±10％的范围内，幸福便有了十分中二点五分的保障。想想看，若在几十年的耳鬓厮磨中，每一句话都呢喃两遍以上，彼此才能缓缓沟通，是否慢性受刑？爱是生死与共的事，其难度不次于哥德巴赫猜想。分秒必争斗转星移的今日，脑是每个人首要的固定资产，评估它的功能状态，是严肃认真必备必需的手续。男女相悦不仅是荷尔蒙的迸发，更是理智沟回清醒的把握。

教育的差异可在漫长的日子里填平补齐，更何况家中回荡的多是人生冷暖，并非先贤凝固的文字。假如智慧不对等，鸿沟非人力可充垫，循环往复的对牛弹琴，最易生出惨淡的麻痹和难以疗救的倦怠。世上有许多背景悬殊的夫妻，在外人以为必是寡淡无味的相守中，其乐融融。不仅是情操的契合，实有神智棋逢对手的持久快意。

单有智商是不够的，还需品质的优良与性格的互补，分数前者占三后者占二吧。

婚姻是一场马拉松呢，从鬓角青青搏到白发苍苍。路边有风景，更有荆棘，你可以张望，但不能回头。风和日丽要跑，狂风暴雨也要冲，只有清醒如水的意志持之以恒的耐力，才能撞到终点的红绳。

婚姻在某种程度上，是阴阳的大拼盘。我总怀疑性格的近似，是滋生不幸的助剂。粉了还要紫，绿了还要青，雪上加霜是搭配学上犯忌的事。然而相反相成，刚柔相济，图纸上令人神往，实施起来难度很大。度的掌握重要而微妙。逆反太凶，则是冤家对头，虽有强的磁场引力，但长久相克，磨损太甚，只怕两败俱伤。然而适当的尺寸，又像丝丝入扣的魔鞋，缥缈大地，谁知遗走何方？有的人寻找一生，找到了，是大幸运。找不到，无望无奈，也可保有死水微澜的宁静。最怕的是委委屈屈的将就，合久必分，却又当断不断。好像快餐店的塑料低背椅，可待片刻，难以枯守一生。道貌岸然地坚持，必是颈项腰腿痛。半辈子熬过去，脊柱都弯矮了。

善良在幸福这锅汤里，就像优质味精，断断少不得。我看至少把一点五分给它。现今有人觉得善良简直就是无用的别号，我却以为无论在生意场社交场上，善良多么忍辱蒙羞落荒而逃，友谊与家居的优美疆域，永是它世袭罔替的领地。丧失善良的友谊，是溶了蒙汗药的酒池肉林。缺乏善良的婚姻，是危机四伏无法兑现的期票。婚姻易碎，婚姻易老，善良如绵绵长长包裹婚姻瓷器完整的丝缕，似青青翠翠保养婚姻花叶常青的圣水。

剩下的一分，不知判给谁好。机遇、门第、如影随形的契机、冥冥之中的缘分……都在争抢终局的发言权。它们都很重要，假如有道判定婚姻幸福的公式，都该罗列其内，在结尾处结结实实占一席之地。但我思索再三，决定将这场婚姻预言的最后因子，留给通常在爱情中故意漠视的金钱。

很世俗，但很实际。贫贱夫妻百事哀，当一生的基本生活需要都没有保障的时候，我不知家庭幸福的青鸟，可以栖息在哪枝无果的树上做巢。婚姻里沉淀着那么多的柴米酱醋盐，每一件都与金钱息息相关。我们有许多清高的场合可以不谈钱，但家是一个必须坦荡地经常地反复地赤裸裸地议论金钱的地方。对金钱的共同掌握和使用方向的通力合作，是家庭木桶防止渗漏的坚实铁箍。

钱绝不可以太少，男人女人，一定要用自己的双手，用血汗化作干净的金钱，注满列车正常行驶的油箱。钱多比钱少好，但不要超过双方卓越的智力与优良的品质可以控制的范畴。单纯的金钱，就像单纯的水一样，不加消毒照料，就会慢慢蒸发腐坏。只有金钱与善良结合，才是世上很多美好事物的摇篮。

如果我们看到一对男女结成连理的时候，智商均衡，天性互助，多温柔宽厚之心，也不乏冷静果决之勇，坚忍友爱，钱不多也不少，顾了温饱，尚有些微节余，可以奠定共同事业的起点……那么无论他们的身材多么矮弱，相貌多么平凡，出身多么低微，文化多么有待提高，情感多么不善表达，誓言如何稀少轻淡……甚至在外人眼里他们贫寒寂静，简单甚至简陋，我都有足够的理由期待，他们会在艰窘中生长出至亲至爱的快乐与幸福。

我希望祝福成真。

假如一对新人智商殊异，性格无补，少温良仁爱的善美，多冷厉森严的辣手，钱不是太多就是太少……无论他们身高如何匹配，相貌如何俊美，家世如何显赫，文凭如何耀眼，情感如何缠绵……有多少外在的光环闪烁；也无论青梅竹马，患难之交，萍水相逢，千里姻缘，弄巧成拙，指腹为婚……有多少内里的故事流传，我却总带着凄凉的心境，仿佛看到幸福终结的海市蜃楼，在不远处波光粼粼。哀痛使我无法扮出由衷的微笑。

这一回，但愿我看走眼了吧。

　　若干年前，看过报道，西方某都市的报纸，面向社会征集"谁是世界上最幸福的人"这个题目的答案。来稿者很踊跃，各界人士纷纷应答。报社组织了权威的评审团，在纷纭的答案中进行遴选和投票，最后得出了三个答案。因为众口难调意见无法统一，还保留了一个备选答案。

　　按照投票者的多寡和权威们的表决，发布了"谁是世界上最幸福的人"的名单。记得大致顺序是这样的：

　　一是给病人做完了一例成功手术，目送病人出院的医生。

　　二是给孩子刚刚洗完澡，怀抱婴儿面带微笑的母亲。

　　三是在海滩上筑起了一座沙堡，望着自己劳动成果的顽童。

备选的答案是：写完了小说最后一个字的作家。

消息入眼，我的第一个反应仿佛被人在眼皮上抹了辣椒油，呛而且痛，继而十分怀疑它的真实性。这可能吗？不是什么人闲来无事，编造出来博人一笑的恶作剧吧？还有几分惶惑和恼怒，在心扉最深处，是震惊和不知所措。

也许有人说，我没看出这则消息有什么不对头的啊？再说，这正是大多数人对幸福的理解，不是别有用心或是哗众取宠啊！是的是的，我都明白，可心中还是惶惶不安。当我静下心来，细细梳理思绪，才明白自己当时的反应，是一种深入骨髓的悲哀。原来我是一个幸福盲。

为什么呢？说来惭愧，答案中的四种情况，在某种程度上，我都拥有了。我是一个母亲，给婴儿洗澡的事几乎是早年间每日的必修。我曾是一名医生，手起刀落，给很多病人做过手术，目送着治愈了的病人走出医院的大门的情形，也经历过无数次了。儿时调皮，虽然没在海滩上筑过繁复的沙堡（这大概和那个国家四面环水有关），但在附近建筑工地的沙堆上挖个洞穴藏个"宝贝"之类的工程，肯定是经手过了。另外，在看到上述消息的时候，我已发表过几篇作品，因此那个在备选答案中占据一席之地的"作家完成最后一字"之感，也有幸体验过了。

我集这几种公众认为幸福的状态于一身，可我不曾感到幸福，这真是莫名其妙而又痛彻的事情。我发觉自己出了问题，不是小问题，是大问题。这个问题如果不解决，我所有的努力和奋斗，犹如沙上建塔。从最乐观的角度来说，即使是对别人有所帮助，但我本人依然是不开心的。我哀伤地承认，我是一个幸福盲。

我要改变这种情况。我要对自己的幸福负责。从那时起，我开始审视自己对于幸福的把握和感知，我训练自己对于幸福的敏感和享受。我像一个自幼被封闭在洞穴中的人，在七彩光线下学着辨析青草和艳花，朗月和白云，体会到了那些被黑暗囚禁的盲人，手术后一旦打开了遮眼的纱布，那份诧异和惊喜，那份东张西望的雀跃和喜极而泣的泪水，是多么自然而然。

哲人说过，生活中缺少的不是美，而是发现美的眼光。让我们模仿一下他的话：生活中也不缺少幸福，而是发现幸福的眼光。幸福盲如同色盲，把绚烂的世界还原成了模糊的黑白照片。拭亮你幸福的瞳孔吧，就会看到被潜藏被遮掩被蒙昧被混淆的幸福，就如美人鱼一般从深海中升起，哺育着我们。

　　我是从哪一天开始老的？不知道。就像从夏到秋，人们只觉得天气一天一天凉了，却说不出秋天究竟是哪一天来到的。生命的"立秋"是从哪一个生日开始的？不知道。青年的年龄上限不断提高，我有时觉得那都是上了年纪的人玩出的花样，为掩饰自己的衰老，便总说别人年轻。

　　不管怎么样，我觉得自己老了。当别人问我年龄的时候，支支吾吾地反问一句："您看我有多大了？"佯装的镇定当中，希望别人说出的数字要较我实际年龄稍小一些。倘人家说得过小了，又暗暗怀疑那人是否在成心奚落。我开始越来越多地照镜子。小说中常说年轻的姑娘们最爱照镜子，其实那是不正确的。年轻人不必照镜子，世人仰慕他们的目光就是镜子。真正开始细细端详自己的容貌的是青春将逝的人们。

于是我把所有的精力放在孩子身上。记得一个秋天的早晨，刚下夜班的我，强打精神，带着儿子去公园。儿子在铺满卵石的小路上走着。他踩着甬路旁镶着的花砖，一蹦一跳地向前跑，将我越甩越远。

"走中间的平路！"我大声地对他呼喊。"不！妈妈！我喜欢……"他头也不回地答道。

我蓦地站住了。这对话是那样熟悉。曾几何时，我也这样对自己的妈妈说过，我喜欢在不平坦的路上行走。这一切过去得多么快呀！从哪一天开始，我行动的步伐开始减慢，我越来越多地抱怨起路的不平了呢？

这是衰老确凿无疑的证据。岁月的长河不可逆转，我不会再年轻了。

"孩子，我羡慕你！"我吓了一跳。这是实实在在的声音，从我身后传来，她说得很缓慢，好像我的大脑变成一块电视屏幕，任何人都能读出上面的字迹。

我转过身。身后是一位老年妇女。周围再没有其他人。这么说，是她羡慕我。我仔细打量着她，头发花白，衣着普通。但她有一种气质，虽说身材瘦小，却有一种令人仰视的感觉。我疑虑地看着她。我不知道自己有什么值得人羡慕的地方——一个工厂里刚下夜班满脸疲惫之色的女人。

"是的。我羡慕你的年纪——你们的年纪。"她用手指轻轻点了点，将远处我儿子越来越小的身影也括了进去，"我愿意用我所获得过的一切，来换你现在的年纪。"

我至今不知道她是谁，不知道她曾经获得过的那一切，都是些什么。但我感谢她，让我看到了自己拥有的财富。我们常常过多地把眼睛注视着别人，而自己则在不知不觉中失落着最宝贵的东西。人的生命是一根链条，永远有比你年轻的孩子和比你年迈的老人。我们每个人都有自己的位置，它是一宗谁也掠夺不去的财宝。不要计较何时年轻，何时年老，只要我们生存一天，青春的财富，就闪闪发光。能够遮蔽它的光芒的暗夜只有一种，那就是你自以为已经衰老。

年轻的朋友们，不要去羡慕别人。要记住人们在羡慕我们！

有一个男人叫阿尔，小儿子叫莎拉。莎拉要参加学校里的足球比赛，邀请爸爸当嘉宾。阿尔答应了孩子的要求，没想到时间和他的工作安排有冲突。那天下午恰好需要他在办公地点会见一位来访的客人。怎么办呢？阿尔想了想，决定还是去学校观看足球比赛，同时工作也不能耽搁。阿尔把自己当成一粒跳棋子，精确地算出了球赛结束的时间，再加上从运动场驱车回到办公地点的时间。如同拉力赛，反推出了会晤开始的时刻。

足球比赛按时开始了，不料两队人马在规定时间内打成了平局。加时赛开始了，没想到又打成了平局，第二个加时又开始了。阿尔如坐针毡，工作和父爱撕扯着他。时间已刻不容缓，要想准时会见客人，他必须马上动身了。如果他继续探着脖子观看比赛，迟到就是板上钉钉的事，这是很大的失礼。

更糟糕的是，这次比赛后轮到莎拉的父母给队员们分发点心，这对于孩子来说是非常重要非常荣耀的习俗，莎拉一直盼着这个时刻。阿尔煎熬了一番，最后决定留下来。当他把点心非常匆忙地发完，风驰电掣地赶到办公地点，访客已经等得太久了。阿尔道歉说明理由，客人也就释然了。他也是一位父亲，也有一个和莎拉差不多同样大小的孩子。

你看了这个故事，可能会说，是有点感动，可也没有什么了不起啊，无非是一个父亲把孩子摆在了工作前面。可是如果我告诉你，这个父亲当时是美国的副总统，名字叫作"阿尔·戈尔"，办公地点是在白宫，他要会见的那位客人是另外一个国家的总统，你是不是会惊奇？

不管你如何感想，反正我看到这个故事的时候，是大大地讶然加上茫然了。为了一个孩子的足球赛，居然把会见他国总统的时间向后延迟，这实在是在我的观念里难以想象的事件。我甚至思忖，也就是美国的副总统敢做这样的事情，因为他们有大国沙文主义，觉得别的国家的总统不如他的儿子重要。

但即使是到了这份可能是以小人之心度君子之腹的地步，我仍然被这个故事里强烈的情感因子所震撼。把孩子的尊严和快乐放到如此至高无上的地位，让我这样的父母汗流浃背。如果是我等，第一，在时间发生猛烈冲突的情形下，根本就不会答应去看孩子的足球赛。别说是这样的课外活动，恐怕就是孩子的家长会、毕业典礼也会为之让步。个人的事再大也是小事，国家的事再小也是大事，根本就不会挖空心思地计算出时间，以求两全其美。第二，就算是退上一万步，我等答应了去看孩子的足球赛，也会再三再四地像宣布一个恩赐那样对孩子说——我非常忙，所以不可能全程观看，只能到学校蜻蜓点水地走一趟，到此为止，你不要得寸进尺。估计我等的孩子也会乖乖地接受这个现实，绝不敢提出例如赛后发点心这样的非分之想。第三，就算是孩子提出了发点心的奢望，就算我们儿女情长脑子一热当时答应了下来，到了赛场上由于加时赛的变化，时间来不及了，我等一定会毫不犹豫地断然退席，扬长而去。第四，如果我等因此而迟到了，或许会找一个冠冕堂皇的理由，却无法坦诚相告是为了给儿子的朋友们分发点心，因为那似乎是一个难以拿上台面的尴尬理由……

我不知道以上的假设是否符合国情，但我敢说自己一定是会这样做的。我不会把孩子的尊严和快乐看得如此重要，我不知道这是对还是错？

从那个故事结尾来看，戈尔副总统的迟到，似乎并没给两国关系带来剑拔弩张的后果，那位总统表示理解了戈尔，因为他也有一个几乎同样大小的孩子。

我觉得这有点意味深长。其实，大多数人也许都能理解这件事，哪怕是我们没有正好同样大小的孩子。我们都是从孩子走过来的，我们都还记得自己是怎样期待着父母的关注，如果能在公开的场合，能和自己的小伙伴们一道受到父母的重视，那是何等的快乐。基于这样的理由，成人能够接纳的东西，比我们想象的要多。

如果那天戈尔不去参加莎拉的足球比赛，如果戈尔半道上撤退，莎拉会怎么想呢？莎拉长大之后，如何看待这一天的遭遇？在无数乖张脆弱的成人衣裳里，往往包裹着一个受过心理创伤的孩子。幼年的无价值感，可以在几十年后沁出血珠。被忽视和被放弃的感觉，比一切我们所知的武器，更具有持久的杀伤力。

这个可怕的结论真是比会见总统还重要。在成人的世界里，我们还可以解释，但是对于孩子，我们只有用行动来表达我们的爱和尊重。爱和尊重，是精神世界的总统。

优点零

　　一位做儿童心理研究的朋友告诉我，她发给孩子们一张表，让每人填写自己的优缺点和美好的愿望。孩子们很认真地填好了，把表交上来了。她一看，顿时傻了眼。

　　很多孩子填的是——优点零，愿望零。

　　我对世上是否存在没有优点的成人，不敢妄说。但我确知世上绝无没有优点的孩子。我或许相信世上有丧失愿望的老人，但我无法想象没有愿望的孩子，将有怎样枯萎的眼神？

　　不知道愿望和优点这两样对人激励重大的要素，假若排出丧失的顺序，该孰先孰后？是因为丧失了愿望，百无聊赖，才随之沉没，成为没有优点的少年，还是一个孩子首先被剥夺了所有的优点，心如死灰，之后再也不敢奢谈一丝愿望？也许它们如同绞缠在一起的铅丝，分不出谁更冰冷僵硬？

没有愿望，必是一个死寂的世界。孩子不再期望黎明，因为每天都被功课塞满，晴天看不到太阳，阴天闻不到雪花，日出日落又有何不同？不再留意鲜花，因为世界一片苍白，眼中黯淡了温暖的色彩。不再珍视夜晚，因为厚重的眼镜遮挡了星光，即使抬头也是泪眼蒙眬。不再盼望得到师长的嘉奖，因为那不过是成人层层加码的裹了蜜糖的手段……

没有优点的孩子，内心该怎样痛楚地喘息？见过一个胖胖的男孩，当幼儿园老师第一次问：谁觉得自己是个美男子？他忙不迭地从最后一排挤到前面，表示自己属于其中一员。可惜他紧赶慢赶，动作还是晚了一点，另有好几个男孩抢在前面，在老师面前排成自豪的一排。没想到老师伶牙俐齿地向他们说，还真有你们这么不知天高地厚的，竟觉得自己是美男子，臊不臊啊?! 后来，那几个男孩子，开始为自己的容貌羞涩，无法像以前那样快活。

这是一个简单的例子，但也可说明一点问题。每一个渐渐长大的孩子，如果成人爱他，他也会认为自己是可爱的。他会感觉到自己是天地间的一个宝贝，他的生命的存在就是一个大优点。假若成人粗暴地打击他，奚落他，嘲讽他，鞭挞他，那脆弱的小生灵，就会像被利剪截断的双翅，从此委靡下来，或许跌落尘埃一蹶不振。

看不到自身优点的人，必也看不到他人的优点。他们的谦恭，可能是高度自卑下的懦弱。他们的服从，可能掩饰着深刻的妒忌和反叛。他们的忍让，可能埋藏着刻毒的怨恨。他们的赞美，可能表里不一信口雌黄……

我以为愿望是人生强大的动力之一，假若人类丧失愿望，世界就在那一瞬停止了前进的引擎。因为有跑的愿望，人们有了汽车。因为有说话的愿望，人们有了电话。因为有飞的愿望，人们有了飞船。因为有传递和交流的愿望，人们有了互联网……

优点和愿望，是孩子们的双腿。希望有一天看到他们填写的表格上这样写着——优点多多，愿望无限。

轰毁你心中的魔床

魔鬼有张床。它守候在路边，把每一个过路的人，揪到它的魔床上。魔床的尺寸是现成的，路人的身体比魔床长，它就把那人的头或是脚锯下来。那人的个子矮小，魔鬼就把路人的脖子和肚子像拉面一样抻长……只有极少的人天生符合魔床的尺寸，不长不短地躺在魔床上，其余的人总要被魔鬼折磨，身心俱残。

一个女生向我诉说：我被甩了，心中苦痛万分。他是我的学长，曾每天都捧着我的脸说，你是天下最可爱的女孩。可说不爱就不爱了，做得那么绝，一去不回头。我是很理性的女孩，当他说我是天下最可爱的女孩的时候，我知道我姿色平平，担不起这份美誉，但我知道那是出自他真心。那些话像火，我的耳朵还在风中发烫，人却大变了。我久久追在他后面，不是要赖着他，只是希望他拿出响当当、硬邦邦的说法，给我一个交代，也给他自己一个交代。

由于这个变故，我不再相信自己，也不相信其他人。我怀疑我的智商，一定是自己的判断力出了问题。如此至亲至密，说翻脸就翻脸，让我还能信谁？

女生叫萧凉，萧凉说到这里，眼泪把围巾的颜色一片片变深。失恋的故事，我已听过成百上千，每一次，不敢丝毫等闲视之。我知道有殷红的血从她心中坠落。

我对萧凉说，这问题对你，已不单单是失恋，而是最基本的信念被动摇了，所以你沮丧、孤独、自卑，还有愤怒的莫名其妙……

萧凉说，对啊，他欠我太多的理由。

我说，人是追求理由的动物。其实，所有的理由都来自我们心底的魔床——那就是我们对一些问题的看法和观念。它潜移默化地时刻评价着我们的言行和世界万物。相符了，就皆大欢喜，以为正确、合理。不相符，就郁郁寡欢、怨天尤人。

这种魔床，有一个最通俗、最简单的名字，就叫作"应该"。有的人心里摆得少些，有三个五个"应该"。有的人心里摆得多些，有几十个上百个也说不准，如果能透视到他的内心，也许拥挤得像个卖床垫的家具城。

魔床上都刻着怎样的字呢？

萧凉的魔床上就写着"人应该是可爱的"。我知道很多女生特别喜欢这个"应该"，热恋中的情人，更是三句话不离"可爱"。这张魔床导致的直接后果，就是我们以为自己的存在价值，决定于他人的评价。如果别人觉得我们是可爱的，我们就欢欣鼓舞；如果什么人不爱我们了，就天地变色、日月无光。很多失恋的青年，在这个问题上百思不得其解，苦苦搜索"给个理由先"。如果没有理由，你不能不爱我。如果你说的理由不能说服我，那么就只有一个理由，就是我已不再可爱，一定是我有了什么过错……很多失恋的男女青年，不是被失恋本身，而是被他们自己心底的魔床，锯得七零八落。残缺的自尊心在魔床之上火烧火燎，好像街头的羊肉串。

要说这张魔床的生产日期，实在是年代久远，也许生命有多少年，它就相伴了多少年。最初着手制造这张魔床的人，也许正是我们的父母。当我们还是婴儿的时候，那样弱小，只能全然依赖亲人的抚育。如果父母不喜欢我们，不照料我们，在我们小小的心里，无法思索这复杂的变化，最简单的方式，我们就以为是自己的过错。必是我们不够可爱，才惹来了嫌弃和疏远。特别是大人们的口头禅"你怎么这么不乖？如果你再这样，我就不喜欢你了……"凡此种种，都会在我们幼小的心底，留下深深的印记。那张可怕的魔床蓝图，就这样一笔笔地勾画出来了。

有人会说，啊，原来这"应该如何如何"的责任不在我，而在我的父母。其实，床是谁造的，这问题固然重要，但还不是最重要的。心理学家弗洛伊德说过，一个孩子，就是在最慈爱的父母那里长大，他的内心也会留有很多创伤（这是大意。原谅我一时没有找到原文，但意思绝对不错）。我们长大之后，要搜索自己的内心，看看它藏有多少张这样的魔床，然后亲手将它轰毁。

一位男青年说，我很用功，我的成绩很好。可是我不善辞令，人多的场合，一说话就脸红。我用了很大的力量克服，奋勇竞选学生会的部长，结果惨遭败北。前景暗淡，这可不是个好兆头，看来我一生都会是失败者。于是，他变得落落寡合，自贬自怜，头发很长了也不梳理，邋遢着独往独来的，好似一个旧时的落魄文人。大家觉得他很怪，更少有人搭理他了。

他内心的魔床就是：我应该是全能的。我不单要学习好，而且样样都要好。我每次都应该成功，否则就一蹶不振。挫折被放在这张魔床上翻身反复比量，自己把自己裁剪得七零八落。一次的失败就成了永远的颓势，局部的不完美就泛滥成了整体的否定。

一个不美丽的女大学生每天顾影自怜。上课不敢坐在阶梯教室的前排，心想老师一定只愿看到"养眼"的女孩。有个男生向她表示好感，她想我不美丽，他一定不是真心。如果我投入感情，肯定会被他欺骗，当作话柄流传。于是，她斩钉截铁地拒绝了他，以为这是决断和明智。找工作的时候，她的简历写得很好，每每被约见面试，但每一次都铩羽而归。她以为是自己的服饰不够新潮，化妆不够到位，省吃俭用买了高级白领套装外带昂贵的化妆品，可惜还是屡遭淘汰……她耷拉着脸，嘴边已经出现了在饱经沧桑的失意女子脸上才可看到像小括弧般的竖形皱纹。

如果允许我们走进她枯燥的内心，我想那里一定摆着一张仄逼的小床。床上写着："女孩应该倾国倾城。应该有白皙的皮肤，应该有挺秀的身躯，应该有玲珑的曲线，应该有精妙绝伦的五官……如果没有，她就注定得不到幸福，所有的努力都会白搭，就算碰巧有一个好的开头，也不会有好的结尾。如果有男生追求长相不漂亮的女孩，一定是个陷阱，背后必有狼子野心，切切不可上当……"

很容易推算，当一个人内心有了这样的暗示，她的面容是愁苦和畏惧的，她的举止是局促和紧张的，她的声音是怯懦和微弱的，她的眼神是低垂和飘忽的……她在情感和事业上成功的概率极低，到了手的幸福不敢接纳，尚未到手的机遇不敢追求。她的整个形象都散射着这样的信息——我不美丽，所以，我不配有好运气！

讲完了黯淡的故事，擦拭了委屈的泪水，我希望她能找到那张魔床，用通红的火把将它焚毁。

谁说不美丽的女子就没有幸福？谁说不美丽的女子就没有事业？谁说命运是个好色的登徒子？谁说天下的男子都是以貌取人的低能儿？

心中的魔床有大有小，有的甚至金光闪闪，颇有迷惑人的能量。我见过一家证券公司的老总，真是事业有成高大英俊，名牌大学洋文凭，还有志同道合的妻子，活泼聪颖的孩子……一句话，简直人所有的他都有，可他寝食无安，内心的忧郁焦虑非凡人所能想象，不知是什么灼烤着他的内心。

我总觉得这一切不长久。人无远虑，必有近忧。 "水至清，则无鱼"，"满招损，谦受益"。我今天赚钱，日后可能赔钱。妻子可能背叛，孩子可能车祸。我也许会突患暴病，世界可能会地震、火灾、飓风，即使风调雨顺，也必会有人祸，比如"9·11"……我无法安心，恐惧追赶着我的脚后跟，惶恐将我包围。他眉头紧皱着说。

我说，你极度的不安全。你总在未雨绸缪，你总在防微杜渐。你觉得周围潜伏着很多危险，它们如同空气看不着摸不到但却无所不在无所不能。

他说，是啊。你说得不错。

我说，在你内心，可有一张魔床？

他说，什么魔床？我内心只有深不可测的恐惧。

我说，那张魔床上写着：人不应该有幸福。只应该有灾难。幸福是不真实的，只有灾难才是永恒。人不应该只生活在今天，明天和将来才是最重要的。

他连连说，正是这样。今天的一切都不足信，唯有对将来的忧患才是真实的。

我说，每个人都有过去、现在和将来。对我们来讲，无论过去发生过什么，都已逝去。无论你对将来有多少设想，都还没有发生。我们活在当下。

由于幼年的遭遇，他是个缺乏安全感的人。惊惧射杀了他对于幸福的感知和欣赏。只有销毁了那魔床，他才能晒到金色的夕阳，听到妻儿的欢声笑语，才能从容镇定地面对风云，即使风雨真的袭来，也依然轻裘缓带玉树临风。

说穿了，魔床并不可怕，当它不由分说就宰割着你的意志和行为之时，面对残缺，我们只有悲楚绝望。但当我们撕去了魔床上的铭文，打碎了那些陈腐的"应该"，魔力就会在一瞬间倒塌。随着魔床轰塌，代之以我们清新明朗的心态。

魔由心生。时时检点自己的心灵宝库，可以储藏勇气，可以储藏智慧，可以储藏经验和教训，可以储藏期望和安慰，只是不要储藏"应该"。

自拔

　　自己把自己拔出来——我喜欢"自拔"这个词。不是跳出来或是爬出来，而是"拔"。小时候玩过拔萝卜的游戏，那是要一群小朋友化装成动物，齐心合力才能完成的事业。现代人常常陷在压力的泥沼中，难以享受生活的美好。把自己从压力中拔出来，也是一项系统工程。

　　"压力"本是一个物理词汇，比如气压、水压、风压……推广开来，医学上有血压、脑压、颅内压等，多属于专业名词，不料如今风云突变，"压力"成了高频词。生活有压力，经济有压力，学业有压力，晋升有压力，人际关系有压力，情感世界有压力，婚姻也有压力……人们的交谈中，无不涉及林林总总的压力。压力像打翻了的汽油桶，弥散到现代人生活的各个领域，散发着浓烈的气味。我们躲不胜躲，防不胜防，不定在哪个瞬间，就燃起火焰。

其实适当的压力，是保持活性的重要条件。如果空气没有了压力，我们的呼吸就会衰竭。如果血液没有了压力，我们的四肢就会瘫痪。如果水管子没有了压力，那结果之伤感是任何一个住在高层楼房的人士都噤若寒蝉的，你将失去可饮可用的清洁之水。20世纪的石油英雄"王铁人"也说过"井无压力不出油，人无压力不进步"的豪言壮语。

只是这压力须适度。比如冬日里柔柔的阳光照在身上，这是一种轻松的压力，让我们温暖和振奋。设想这压力增加十倍，那基本上就成了吐鲁番酷热的夏季，大伙只有躲到地窖里才能过活。假如这压力继续增加，到了百倍千倍的强度，结果就是焦炭一堆了。

现代人常常陷于压力构建的如焚困境之中。也许是某一方面的压力过强，也许是许多方面的压力综合在一起。如是后者，单独究其某一方面的压力，强度尚可容忍，但积少成多日积月累，细微的压力堆积起来，就成了如山的重负。金属都有疲劳的时候，遑论血肉之躯？如不减压，真怕有一天成了齑粉。

如果你因压力忙到无力自拔，忙到昏天黑地，忘记了自己的生日和家人的团聚，忘掉了自己如此辛辛苦苦究竟是为了什么，如果你想改变，就试着了解压力吧。寻找压力的种种成因，为扑朔迷离捉摸不定的压力画像，澄清了我们对压力的模糊和迷惘之处，让折磨我们的压力毒蛇从林莽之中现形，让我们对压力的全貌和运转的轨迹，有较为详尽的了解。中国的兵法上有句古话，叫作"知己知彼，百战不殆"，当你认识到了你所承受的压力的强度和种类，在某种程度上我们就已经钉住了压力的七寸。

明白了压力的起承转合，找到了适合自己的减压方式之后，你的呼吸就会轻松一点，胸中的块垒也会松动出些许的空隙。坚持下去，持之以恒，你就会一寸寸地脱离沉重压力的吸附，把自己成功地拔出来。也许在某一个清晨醒来的时候，你突围而出，像蝴蝶一样飞舞。

千头万绪是多少

"千头万绪"这个词，有一种沸沸扬扬的夸张和缠人喉咙的窒息感，让人心境沮丧，捉襟见肘，好像一个泥潭。不留神陷进去，会被它淹了口鼻，呛得翻白眼，甚或丢了性命，也说不定。

现代人很常用——或者简直就是爱好用这个词，来描绘自己的生存状况。常常听到人们说自己的处境——千头万绪，要干的工作——千头万绪，待处理的事物——千头万绪，需承担的责任——千头万绪……千头万绪几乎成了一条癞皮狗，死缠烂打地咬住每位现代人的脚后跟，斥之不去。

千头万绪是一个主观的判断，一个夸张的形容。难道对一个普通人来说，世上就真有一万件事，非得你御驾亲征不可？

当我们认定自己进入了千头万绪这一局面的时候，心先就慌了。披头散发，眉毛胡子一把抓，天空也随之阴霾。因为紧迫，就慌不择路。结果是线头越搅越多，原本可以解开的结，也成了死扣。

千头万绪有一种邪恶的威慑力，恐惧和慌乱是它的左膀右臂，一旦被这几个魔头统治了心神，我们在灾难的海市蜃楼面前，往往顿失镇定和勇气。

我认识一位女友，当她说到自己近况时，脸色晦暗，手指颤抖，嘴唇也无目的地扭曲了，显出干涸辙印中小鱼的表情。

她的确是遇到了足够的麻烦。丈夫外遇10年，儿子正逢高考，模拟成绩很不理想。她接手奋战了一年的科研项目，已到了关键时刻。她的高血压又犯了，整天头晕。昨天上街由于精神恍惚，被小偷割裂了书包，偷走了上千元钱。她的邻居在装修房屋，每天电钻声吵得人耳鼓爆炸……

有的时候，真想一死了之！千头万绪啊，我看不到一点光明！她这样说着，狠狠捶击着自己的太阳穴。

我说，我能体会到你心中的痛楚和无奈。你想改变这一切，但感到自己的绝望和孤独。

我们先找到一张白纸，把你最感痛苦烦恼的事件写下来，然后我们看看，有什么办法可以逐个解决它们。

洁白的纸，铺在桌面，如同一片无瑕的雪地。左是起因，右写对策。女友提笔写下：

1. 夜里睡不好觉，因为电钻太吵。

我很惊讶地问她，那装修的人家，居然敢冒天下之大不韪，在夜里开动电钻？

女友愣了一下，然后说，那倒不是。楼下媚居多年的邻居要结婚了，房屋不整也实在当不了新房。那家事先已出了安民告示，并于晚8点以后，不再使用电钻。

我说，那么，你睡不好觉，就另有原因，并不能归于电钻了？

她对着白纸，看了半天，仿佛不认识自己写下的那一行字。然后把"电钻"云云删去了，在对策一栏里，写下——吃两片安眠药。

继续整理你的烦恼。我说。

2. 丈夫外遇10年。

真是一个折磨人的大难题。我定定神问，你最近才知道吗？

她嘶哑地答，早知道了。

我说，你打算最近采取行动，彻底解决这个问题吗？

她思忖着说，时机还不成熟。无论是离婚还是敦促他痛改前非，都需要时间。

我说，那它是可以从长计议的，也就是目前采取的对策是等待。

女友点点头。

3. 昨天丢了上千元钱。

我说，真倒霉啊，对你雪上加霜。你报案了吗？

她说，报了，但是没寄什么希望。

我说，那就是说，你基本上觉得这笔损失，不可挽回的啦？

她很快地回答，是啊。

我说，不一定啊。也许你不停地愁苦下去，把自己的太阳穴敲出一个透明窟窿，小偷会良心发现，把那笔钱送回来。

她"扑哧"一声笑了，说，瞧你说的。那小偷根本就不知道我是谁，哪怕我今天自杀了，他也不会发慈悲的。

我正色道，说得好。这笔损失，并不因你的痛楚，而有复原的可能。

女友想了想，就把这一条画掉了，重写了一个：

4. 孩子考不上大学。

我陪着她深深地叹了一口气，然后问她，你是直到今天才意识到孩子上大学无望吗？

她摇摇头，说，他学习成绩一直不好，这结果其实已在意料之中。以前总幻想能出现一个奇迹，现在彻底破灭了。

我说，不符合实际的幻想破灭，你说是件好事还是坏事？

她明白了我的用意，但还是很沉重地说，面对残酷的现实，总是让人难以接受。

我说，是啊。但事实是否因你的不接受，而有改变的可能？

女友说，我还是很希望孩子能有接受高等教育的机会啊。

我说，此次没有考上大学，并不意味着孩子永远失去了接受高等教育的机会。

她突然抓住我的手说，你的意思是还有机会？

我说，你觉着呢？我记得你就是通过自学直接考取的研究生啊。

她沉默了很长的时间，然后一字一顿地说，是啊。孩子已经18岁了，教会他如何应付困境，也许更重要；于是她写下对策——重新来。

继续下去。

5. 高血压。

我说，你的血压是否已经像珠穆朗玛一样，成了世界上的第一高峰了呢？

她有些气恼了，说，我真的很痛苦，你却在这里穷开心。

我把脸上的笑容收起，说，对于病，也要有一个战略藐视战术重视的应对。我相信你的高血压并非到了药石罔效的地步，只要按时吃药，是可以控制的。你服药很可能不守医嘱。

她有些不好意思，反问，你怎么知道的？

我说，别忘了，我还是有20多年医龄的老大夫。你瞒不过我的火眼金睛。

女友老老实实地交代说，一忙起来，就忘了。她规规矩矩地写上对策——遵医嘱。

女友的脸色渐渐平稳，但她还是愁肠百结地写下了最后一条。

6. 科研任务紧迫。

我说，关于此项艰巨的任务，你承担了一年。现在到了最后攻关阶段，你是否已对自己丧失信心？

她很坚定地回答，没有。只是我的心情不好，你知道，对于一个搞研究的人来说，心情就是生产力啊。

我一拍她的手掌说，你讲得好！但心情是纯属你精神领域的感觉，你为什么不使自己的心情明亮起来呢？

她说，讲得轻松！不挑担子肩不疼。我这里千头万绪，哪里能亮得起来！

我含笑说，看看你的千头万绪，还剩下了多少？

那张洁白的纸上，写着：

失眠——安眠药

丈夫外遇——从长计议

丢钱——自认倒霉

儿子未考上大学——重新来

高血压——遵医嘱

科研攻关——好心情

她看了一遍又一遍，好像不相信自己的千头万绪，已细化成如此简明扼要的条款。看来，我只要今晚吃上两片安眠药，明早醒来，阳光就依旧灿烂？她有些半信半疑。

我说，当所有的头绪都搅在一起的时候，的确很可怕。它们使我们的心情变得极为恶劣，智力陡然下降，判断连续失误，于是事情就进入了一个更糟糕的怪圈。把它们厘清，一一列出对策，就可以逐一攻克了。好心情并不来源于一帆风顺，而是生长于一种从容和坚定的勇气中啊。

女友说，哈！我知道啦！我们每个人都有长出好心情的土地，就看你是否耕耘。

美国心理学家马斯洛有一段名言："如果你有意地避重就轻，去做比你尽力所能做到的更小的事情，那么我警告你，在你今后的日子里，你将是很不幸的。因为你总是要逃避那些和你的能力相联系的各种机会和可能性。"每逢读到，我总是心怀战栗地感动。

一个人就像是一粒种子，天生就有发芽的欲望。只要是一颗健康的种子，哪怕是在地下埋藏千年，哪怕是到太空遨游过一圈，哪怕被冰雪封盖，哪怕经过了鸟禽消化液的浸泡，哪怕被风剑霜刀连续宰杀，只要那宝贵的胚芽还在，一到时机成熟，它就会在阳光下探出头来，绽开勃勃的生机。

现代心理学有很多精彩的论证，这些论证不能像实证的物理化学，拿出若干铁一般的证据，心理学的很多假说，建立在对人的行为的推断和研究之上，被千千万万的人所证实。

马斯洛先生所创建的人的基本需要的"金字塔"理论，就是这样一个伟大的学说。他研究了很多人的行为和动机，特别是那些自我实现程度很高的人，之后得出了一个结论。简言之，就是在我们人类的精神内核中，存在着一个内在需要的金字塔，分成了五个台阶。

在第一个台阶上，是我们的温饱需要——最基本的生存之道。饥肠辘辘，你今晚吃什么饭？是人的第一考虑。寒冬腊月的，你今夜睡在哪里？是火车站的长凳还是马路上的水泥管？这都是头等大事。

当这个需要满足之后，紧接着就是安全的需要了。你有了吃有了住，你今天的生命是有了保障了，可是如果你被其他的人或是动物或是自然界的恶劣条件所侵犯，你远期的生命就陷在水深火热之中了。因此，一旦温饱不成问题之后，人马上就考虑安全系数。这一点，如果你不相信，尽可以放眼看去。马上能看到富人区森严的保安和世上风行的形形色色的自卫器械。当你从一个熟识的环境换到一个新环境，那不安和紧张，与陌生人交谈时的畏葸和不自在，等等，都从另一个方面证实了安全对人的重要性。

现在我们已经到了金字塔的第三阶梯。在这个阶梯上大大地写着"爱"。这不仅是男女之爱，亲子之爱，手足之爱……这些源于血缘和繁衍的爱意，还有同伴之爱、集体之爱、祖国之爱、民族之爱、文化之爱……总之，这里所提到的"爱"，有着宽泛的含义，但它是那样不可或缺，是人类精神活动的高级需要。我们常常说，一个不懂得爱的人，是灰暗和孤独的。就是说人的精神需要如果不能完成这种超越和提升，就是饱含瑕疵的半成品。

爱之高处，就是尊严感了。人是一种特殊的动物，人是有尊严感的。一条虫子可以没有尊严，一株树木可以没有尊严，但是一个人，不是这样。如果丧失了尊严感，那就不是一个完整的人了。中国的古话里有不吃"嗟来之食"，有"士可杀不可辱"，有"君子一言，驷马难追"，等等，讲的都是尊严的问题。

在金字塔的最高点，屹立着自我价值的体现和追求。什么是自我价值的最高体现——那就是充满了创造性的劳动。我以为劳动是有高下之分的，不是指在价值层面上，而是指在带给人的由衷喜悦程度上。你可以想象并同意一个科学家，在得不到任何报酬的情形下，不倦地研究某一个与现实相隔十万八千里的学术问题，比如"哥德巴赫猜想"，为自己一块窝头都换不到，但毫无疑问陈景润乐在其中。你基本上不能同意一位老农在得知三年没人收购麦子的情况下，除了自己够吃之外还会不辞劳苦地广撒麦种。在前者，创造性的劳动里面蕴涵着强大的挑战和快乐；在后者，则充斥着重复性劳动的艰辛和疲惫。

人类精神需要的金字塔，在某种意义上讲，是一种铁律，几乎是不可逃避。当然，我们不能想象一个人在自己的温饱都得不到保障的时候，能够像斯蒂芬·霍金那样去研究宇宙大爆炸这样的问题。这也就是鲁迅先生所说的：年轻人，一要生存，二要温饱，三要发展。有一个顺序，有孰先孰后的问题。在解决了温饱和安全这些最基本的生存需要之后，你必定还不满足，你必定要有新的追求。人类精神发育的法则你是绕不过去的。你吃得饱了，你睡得暖了，你有大房子了，你安居乐业了，你很有安全的保障了。可是，我敢说，在你心底最深邃的地方，有火焰一样的躁动，你如果无法满足它，你就没有恒久的快乐。

让我们回到本文开端所引用的马斯洛的那段话。你以为你逃避了风险，你以为你躲避了责任，你以为你成功地掩饰了自己的才华，你以为你心甘情愿地收敛包裹自己，你就可以在人们的艳羡之中，安安稳稳地过此一生了吗？我相信你可以用奢华的装备和风流倜傥的举止，成功地欺骗几乎所有的人，包括和你至亲至爱之人。但是，每每月朗星稀之时，你永远欺骗不了的一个人，就会在你独处的时候，顽强地站在你的面前，拷问你，鞭挞你，谴责你，纠正你……这个人不是别人，正是你自己！由于每一个人都是那样的与众不同，由于你所具有的内在生命力一直在熊熊燃烧，所以，当你完成了自己人生的台阶之后，你就要向上攀登。你只有在这种不倦的探索中，才能丰富自己的人生，才能得到生命的欢愉，才能感到自己内在的充实和价值。

人是追求创造性快乐的动物，如同飞越大洋的候鸟的脑内罗盘，掌控着我们的一系列选择和决定。你一生将成为怎样的人？在你的价值体系里，是怎样的顺序？这些看起来很浩大很空茫的标准，实际上很细致地决定着我们的工作、学习、生活的各个层面。

记得我在北大讲演的时候，递上来一个纸条，上面写着："我智商很高，从小到大一直是班干部，考上北大更证明了我的实力。只要我愿意，继续读硕士和博士都不成问题。你说我选择金钱作为我一生奋斗的目标，你看怎样？"

我把这个纸条念了。我说我很感谢这位同学对我的信任，我说人生的价值是多元的，以金钱为自己终生的奋斗目标，也大有人在。但我以为，金钱只是手段，在它之后，还有更为深入的目标在导引着你。如果你唯钱是图，那么，你的周围将没有真正的朋友。因为古往今来，已经无数次地证明了，在金钱的旗帜下，会聚拢很多无耻小人。同时，你很可能得不到真正的爱情。因为爱情可以被金钱所出卖，却不可被金钱所购买。那个爱上你的人，有可能不是爱你本人，而是爱上了你的信用卡。如果你把金钱当成了证明你的自我价值的工具，我要说，除了单一和狭隘，还有一种盲从。你用世俗的标准代替了内在的准星。

我翻阅了几期《华融之声》，看到华融人的志气和理想。谈到从工商行调到华融来的理由，最主要的是期望自己的能力得到更好的发展。我觉得这是很好的理由，是内心和外在的统一，是朝着自我实现路上的迈进。当然了，自我实现的路，绝不会是一帆风顺的。我们常常会遭遇到挫折和失败。但人生的价值并不在于永远是胜利和成功，而在于这个过程当中，我们得到了独一无二的属于自己的体验。在生存之道解决之后，在工作中得到乐趣，就是一个极好的选择。要知道，我们每个人，一生用于工作之中的时间，大于7万个小时。可不要小瞧了这7万个小时，如果你是在快乐和创造中，你是在自我寻找价值的挑战中，你的人生就会过得很充实；如果你只是为了更多的钱，更宽敞的房子，更多的应酬和名声上的虚荣，你将在7万个小时甚至更多的时间里，委屈着自己，扼杀着自己，毁灭着自己的自由。

我在美国印第安人的保留地，遇到一位印第安族的心理学家。她说，在我们古老的印第安人那里，有一个风俗，即使是自己的温饱没有解决，我们也会用自己的食物拯救他人。因为，对我们来说，帮助别人是精神的传统。

她说，我并不是要挑战马斯洛，我只是说，精神有时比肉体更重要。这是那位印第安族心理学家最后留给我的话。

第二志愿

人们常常把所有的注意力都集中在第一志愿上。这些年，随着考试严酷性的不断升级，关于填报志愿的说法，也越来越霸道了——那就是全力以赴关注你的第一志愿。某些大学的录取人员公开宣布，我们是不会录取第二志愿的学生的。因为你的热爱不够专一，录来也学不好的。

高考形势特殊，僧多粥少，对于学校的取舍，旁人不好议论是非。但我以为，如果把高考报志愿的经验推而广之，把第一志愿至上，扩散成人生选择的一大信条，就有商榷的必要了。

人生的选择绝少是唯一的。

听一位美国心理学家讲座，谈到男女青年挑选恋爱对象时，他说，如果你在读大学的时候，一眼扫去，本班级上的异性，有三分之一以上可以成为你的配偶候选人，那么……

讲到这里，说是悬念也好，说是征询民意也好，他成心留出一个长长的停顿，用苍蓝色的眼珠扫视全场。台下发出汹涌的低语声，均说："那他就是一个神经病！"

异国的心理学家抖抖肩膀说："喏！那他或她，就是一个心理健康的人。"

这观点有点好玩，也有点耸人听闻，是不是？当然，他指的寻找伴侣，是在大学校园内，智商和背景有大的相仿，并不能波及整个社会，说某个男人觉得与世上三分之一的女人都可成眷属，才属正常。

但这一论点也可以说明，既然结为夫妻这样严重的问题，都不妨有一手或是几手打算，那么，在其他场合的选择，当有更大的弹性。

当孤注一掷地把自己的命运押在某个"唯一"头上的时候，我们实际上处于自我封闭和焦灼无序的状态，内心流淌的是自卑和虚弱。以为只有这狭窄的途径，才是抵达目的地的独木桥，无法设想在另外的情形下，还有道路尚可通行。某些人的信念虽执著但脆弱，难以容忍自己的不成功。由于太惧怕失败的阴影了，拒绝想象除胜利以外，事态还同时存有1000种以上暗淡的可能。他们能够采取的自卫措施，就是放下眼帘。以为只要不去想，不良的结果就可能像鬼魅，只能在暗夜中游走，不会真的在太阳下现身。

于是每当选择的关头，我们可以看到那么多人鸵鸟似的奋不顾身，色厉内荏地跑跳着。到了没有退路的时候，就把小小的脑袋埋入沙荒。他们并不仅仅骗别人，首先的和更重要的，是用这种虚张的气势，为自己打气加力。他们拒不考虑第二志愿，觉着给自己留了退路，就是懦夫和逃兵。甚至以为那是一个不祥的兆头，好像夜啼的猫头鹰，早早赶走方平安。他们竭力不去前瞻那潜伏着的败笔和危险，好像不带粮草就杀入沙漠的孤军。即使为了应付局面多做准备，也是马马虎虎潦潦草草，虚与委蛇地写下第二、第三志愿……不走脑子，秋水无痕。不敢一针见血地问自己，假若第一志愿失守，能否依旧从容微笑？

可惜世上的事情，不如愿者十之八九。当冰冷的结局出现时，很多人就像遇到雪崩的攀缘者，一堕千丈。

此刻，你以前不经意间随手填写的第二志愿，就像保险绳一样，在你下坠的过程中，有力地拽住了你，还你一方风景。

惊魂未定的你，此时心中百感交集。被第一志愿抛弃的巨大失落，使百骸俱软，无暇顾及和珍视第二志愿的援手。你垂头丧气地望着崖下，第一志愿的游魂还在碎石中闪着虚光，有人恨不能纵身一跳，以七尺之躯殉了那未竟的理想。即便被亲人和世俗的利害，劝得暂且委曲求全，那心中的苦郁悲凉，也经久不散。

第二志愿如同灰姑娘，龟缩在角落里，打扫尘埃，收拾残局，等待那不知何日才能莅临的金马车。

其实人的才能是多方面的，守节般的效忠第一志愿，愚蠢不说，更是浪费。候鸟是在不断的迁徙当中，寻找自己的最佳栖息地，并在长途艰苦的跋涉中，锻炼了羽翼。在屋檐下盘旋的鸟，除了麻雀，还能想出谁？

寻找第二志愿的过程，实质上是对自己的一次再发现。除了那最突出最显著的特点之外，我还有什么优长之处？第一志愿和第二志愿之间，可否像两位相得益彰的前锋，交互支援？我还有哪些潜藏着的特质，有待发掘和培养？平日疏忽的爱好，也许可在失落中渐渐显影？

第二志愿的考虑和填写，也许比第一志愿的取舍更艰难。惟妙惟肖地预想失败，直面败后的残局和补救的措施，绝非乐事，但却必须。尝试着在出征前就布置退却和迂回的路线，并在这种惨淡经营的设计当中，规划自己再一次崛起的蓝图，是一种经验，更是勇气。

也许是因为害怕面对这种挫折的演习，有人惊鸿一瞥般地拟下第二志愿，并不曾经历大脑深远的思考。他们以为这是勇往直前背水一战的魄力，殊不知暴露的只是自己乏于坚忍和气血两虚。

不可搪塞第二志愿。它依旧是人生重要的选择，是你面对逆境的备份文件。它是进可以攻退可以守的支撑点，它是无惧无悔的屏障，它是一个终结和起跑的双重底线。

或许有人以为，有了第二志愿第三志愿……人就易颓败，多疏乐。这是一个谬论。亡命之徒不可取，它使人铤而走险，一旦失利，便是绝望与死寂。不妨想想杂技演员。有了保险绳的时候，他们的表演会无后顾之忧，更精妙绝伦。

在填写第一志愿的时候，把其后的每一份志愿也都认真地考虑，这是人生不屈不挠的法门之一。

当我说出"我很重要"这句话的时候，颈项后面掠过一阵战栗。我知道这是把自己的额头裸露在弓箭之下了，心灵极容易被别人的批判洞伤。

许多年来，没有人敢在光天化日之下表示自己"很重要"。我们从小受到的教育都是——"我不重要"。

作为一名普通士兵，与辉煌的胜利相比，我不重要。

作为一个单薄的个体，与浑厚的集体相比，我不重要。

作为一位奉献型的女性，与整个家庭相比，我不重要。

作为随处可见的人的一分子，与宝贵的物质相比，我不重要。

当我在国外的一份刊物上看到"一个人的价值

胜于整个世界"的口号时，曾大惑不解。

我们——简明扼要地说，就是每一个单独的"我"——到底重要还是不重要？

我是由无数星辰日月草木山川的精华汇聚而成的。只要计算一下我们一生吃进去多少谷物，饮下了多少清水，才凝聚成一具美轮美奂的躯体，我们一定会为那数字的庞大而惊讶。平日里，我们尚要珍惜一粒米、一叶菜，难道可以对亿万粒菽粟亿万滴甘露滋养出的万物之灵，掉以丝毫的轻心吗？

当我在博物馆里看到北京猿人窄小的额和前凸的嘴时，我为人类原始时期的粗糙而黯然。他们精心打制出的石器，用今天的目光看来不过是极简单的玩具。如今很幼小的孩童，就能熟练地操纵语言，我们才意识到已经在进化之路上前进了多远。我们的头颅就是一部历史，无数祖先进步的痕迹储存于脑海深处。我们是一株亿万年苍老树干上最新萌发的绿叶，不单属于自身，更属于土地。人类的精神之火，是连绵不断的链条，作为精致一环，我们否认了自身的重要，就是推卸了一种神圣的承诺。

回溯我们诞生的过程，两组生命基因的嵌合，更是充满人所不能把握的偶然性。我们每一个个体，都是机遇的产物。

常常遥想，如果是另一个男人和另一个女人，就绝不会有今天的我……

即使是这一个男人和这一个女人，如果换了一个时辰相爱，也不会有此刻的我……

即使是这一个男人和这一个女人在这一个时辰，由于一片小小落叶或是清脆鸟啼的打搅，依然可能不会有如此的我……

一种令人怅然以至走入恐惧的想象，像雾霭一般不可避免地缓缓升起，模糊了我们的来路和去处，令人不得不断然打住思绪。

我们的生命，端坐于概率垒就的金字塔的顶端。面对大自然的鬼斧神工，我们还有权利和资格说我不重要吗？

对于我们的父母，我们永远是不可重复的孤本。无论他们有多少儿女，我们都是独特的。

假如我们不存在了，他们就空留一份慈爱，在风中蛛丝般无以附丽地飘荡。

假如我们生了病，他们的心就会皱缩成石块，无数次向上苍祈祷我们的康复，甚至愿灾痛以十倍的烈度降临于他们自身，以换取我们的平安。

我们的每一滴成功，都如同经过放大镜，进入他们的瞳孔，摄入他们心底。

假如我们先他们而去，他们的白发会从日出垂到日暮，他们的泪水会使太平洋为之涨潮。

面对这无法承载的亲情，我们还敢说我不重要吗？

我们的记忆，同自己的伴侣紧密地缠绕在一处，像两种混淆于一碟的颜色，已无法分开。你原先是黄，我原先是蓝，我们共同的颜色是绿，绿得生机勃勃，绿得苍翠欲滴。失去了妻子的男人，胸口就缺少了生死攸关的肋骨，心房裸露着，随着每一阵轻风滴血。失去了丈夫的女人，就是齐刷刷折断的琴弦，每一根都在雨夜长久地自鸣……

面对相濡以沫的同道，我们忍心说我不重要吗？

俯对我们的孩童，我们是至高至尊的唯一。我们是他们最初的宇宙，我们是深不可测的海洋。假如我们隐去，孩子就永失淳厚无双的血缘之爱，天倾东南，地陷西北，万劫不复。盘子破裂可以粘起，童年碎了，永不复原。伤口流血了，没有母亲的手为他包扎；面临抉择，没有父亲的智慧为他谋略……面对后代，我们有胆量说我不重要吗？

与朋友相处，多年的相知，使我们仅凭一个微蹙的眉尖、一次睫毛的抖动，就可以明了对方的心情。假如我不在了，就像计算机丢失了一份不曾复制的文件，她的记忆库里留下不可填补的黑洞。夜深人静时，手指在揿了几个电话键码后，骤然停住，那一串数字再也用不着默诵了。逢年过节时，她写下一沓沓的贺卡。轮到我的地址时，她闭上眼睛……许久之后，她将一张没有地址只有姓名的贺卡填好，在无人的风口将它焚化。

相交多年的密友，就如同沙漠中的古陶。摔碎一件就少一件，再也找不到一模一样的成品。面对这般友情，我们还好意思说我不重要吗？

我很重要。

我对于我的工作我的事业，是不可或缺的主宰。我的独出心裁的创意，像鸽群一般在天空翱翔，只有我才捉得住它们的羽毛。我的设想像珍珠一般散落在海滩上，等待着我把它用金线拴起。我的意志向前延伸，直到地平线消失的远方……

没有人能替代我，就像我不能替代别人。

我很重要。

我对自己小声说。我还不习惯嘹亮地宣布这一主张，我在不重要中生活得太久了。

我很重要。

我重复了一遍，声音放大了一点。我听到自己的心脏在这种呼唤中猛烈地跳动。

我很重要。

我终于大声地对世界这样宣布。片刻之后，我听到山岳和江海传来回声。

是的，我很重要。我们每一个人都应该有勇气这样说。我们的地位可能很卑微，我们的身份可能很渺小，但这丝毫不意味着我们不重要。重要并不是伟大的同义词，它是心灵对生命的允诺。

对于一株新生的树苗，每一片叶子都很重要。对于一个孕育中的胚胎，每一段染色体碎片都很重要。甚至驰骋寰宇的航天飞机，也可以因为一个密封橡皮圈的疏漏而凌空爆炸——你能说它不重要吗？

人们常常从成就事业的角度，断定我们是否重要。但我要说，只要我们在时刻努力着，为光明在奋斗着，我们就是在无比重要地生活着。

让我们昂起头，对着我们这颗美丽的星球上无数的生灵，响亮地宣布——

我很重要。

蚕是被自己的丝裹住的，这是一个真理。每一个养过蚕的人和没有养过蚕的人，都知道这件事。蚕丝是一寸一寸吐出来的，在吐的时候，蚕昂着头，很快乐专注的样子。蚕并没有意识到，正是自己的努力劳动，才将自己的身体束缚得紧紧的。直到被人一股脑儿丢进开水锅里，煮死，然后那些美丽的丝，成了没有生命的嫁衣。

这是蚕的悲剧。当我们说到悲剧的时候，不由自主地持了一种观望的态度。也许是"悲剧"这个词，将我们引入歧途。以为他人是演员，而我们只是包厢里遥远的安全的看客。其实，作茧自缚的情况，绝不如想象的那样罕见，它们广泛地存在于我们周围，空气中到处都飘荡着纷飞的乱丝。

钱的丝飞舞着。很多人在选择以钱为生命指标的时候，看到的是钱所带来的便利和荣耀的光环。

钱是单纯的，但攫取钱的手段却不是那样单纯。把一物品作为自己奋斗的目标，它的危险，不在于这桩物品的本身，而在于你是怎样获取它并消费它。或许可以说，收入钱的能力还比较容易掌握，支出它的能力则和人的综合素质有极大的关系。从这个意义上讲，有些人是不配享有大量的金钱的。如同一个头脑不健全的人，如果碰巧有了很大的蛮力，那么，无论是对于他本人还是对于他人，都不是一件幸事。在一个社会财富和个人财富飞速增长的时代，钱是温柔绚丽的，钱也是飘浮迷茫的，钱的乱丝令没有能力驾驭它的人窒息，直至被它绞杀。

爱的丝也如四月的柳絮一般飞舞着，迷乱着我们的眼，雪一般覆盖着视线。这句话严格说起来，是有语病的。真正的爱，不是诱惑，是温暖，只会使我们更勇敢和智慧，但的确有很多人被爱包围着，时有狂躁。那就是爱得没有节制了。没有节制的爱，如同没有节制的水和火一样，甚至包括氧气，同样是灾难性的。

水火无情，大家都是知道的。但是谈到氧气，那是一种多么好的东西啊。围棋高手下棋的时候，吸氧之后，妙招迭出，让人疑心气袋之中是否藏有古今棋谱？记得我学习医科的时候，教授讲过这样一个故事。一名新护士值班，看到衰竭的病人呼吸十分困难，用目光无声地哀求她——请把氧气瓶的流量开得大些。出于对病人的悲悯，加上新护士特有的胆大，当然，还有时值夜半，医生已然休息。几种情形叠加在一起，于是她想，对病人有好处的事，想来医生也该同意的，就在不曾请示医生的情况下，私自把氧气流量表拧大。气体通过湿化瓶，汩汩地流出，病人顿感舒服，眼中满是感激的神色，护士就放心地离开了。那夜，不巧来了其他的重病人。当护士忙完之后，捋着一头的汗水再一次巡视病房的时候，发现那位衰竭的病人，已然死亡。究其原因，关键的杀手竟是——氧气中毒。高浓度的氧气抑制了病人的呼吸中枢，让他在安然的享受中丧失了自主呼吸的能力，悄无声息地逝去了……

很可怕，是不是？丧失节制，就是如此恐怖的魔杖。它令优美变成狰狞，使怜爱演为杀机。

谈到爱的缠裹带给我们的灾难，更是俯拾即是。放眼观察，会发现很多。多少人为爱所累，沉迷其中，深受其苦。在所有的蚕丝里面，我以为爱的丝，可能是最无形而又最柔韧的一种。挣脱它，也需要最高的能力和技巧。这当中的奥秘，需每一个人细细揣摩练习。

还有工作的丝，友情的丝，陋习的丝，嗜好的丝……或松或紧地包绕着我们，令我们在习惯的窠臼当中难以自拔。

逢到这种时候，我们常常表现得很无奈很无助，甚至还有一点点敝帚自珍的狡辩。常常可以听到有人说，我也知道自己的毛病，也不是不想改，可就是改不掉。我就是这样一个人了……当他说完这些话的时候，就好像对自己和对众人都有了一个交代，然后脸上就显出安然无辜的样子，仿佛合上了牛皮纸封面的卷宗。

每当这种时候，我在悲哀的同时，也升起怒火。你明知你的茧，是你自己吐的丝凝成的。你挣扎在茧中，你想突围而出。你遇到了困难，这是一种必然，但你却为自己找了种种的借口，你向你的丝退却了。你一面吃力地咬断包围你的丝，一面更汹涌地吐出你的丝。你是一个作茧自缚的高手，你比推石头的西西弗斯还惨。他的石头只是滚下又滚下，起码并没有变得更大更沉重。你的丝却在这种突围和分泌的交替中，汲取了你的气力，蚕食了你的信心。它令你变得越来越不喜爱自己，退缩着，在茧中藏得更深更严密更闭锁更干瘪了。

我们每个人都有一些茧。这些茧背负在我们的身上，吸取着我们的热量，让我们寒冷，令前进的速度受限。撕碎这茧，没有外力和机械可供支援，只有靠自己的心和爪。

茧破裂的时候，是痛苦的。茧是我们亲手营造的小世界。茧的空间虽是狭窄的，也是相对安全的。甚至一些不良的嗜好，当我们沉浸其中的时候，感受到的也是习惯成自然的熟络。打破了茧的蚕，被鲜冷的空气，闪亮的阳光，新锐的声音，陌生的场景……刺激着，扰动着，紧张的挑战接踵而来。这种时刻的不安，极易诱发退缩，但它是正常和难以避免的，是有益和富于建设性的。你会在这种变化当中，感受到生命充满爆发的张力，你知道你活着痛着并且成长着。

有很多人终生困顿在他们自己的茧里。这是他们自己的选择，当生命结束的时候，他们也许会恍然发觉，世界只是一个茧，而自己竟未曾真正地生活过。

让我们倾听

我读心理学博士方向课程的时候，书写作业，其中有一篇是研究"倾听"。刚开始我想，这还不容易啊，人有两耳，只要不是先天失聪，落草就能听见动静。夜半时分，人睡着了，眼睛闭着，耳轮没有开关，一有月落乌啼，人就猛然惊醒，想不倾听都做不到。再者，我做内科医生多年，每天都要无数次地听病人倾倒满腔苦水，鼓膜都起茧子了。所以，倾听对我应不是问题。

查了资料，认真思考，才知差距多多。在"倾听"这门功课上，许多人不及格。如果谈话的人没有我们的学识高，我们就会虚与委蛇地听。如果谈话的人冗长烦琐，我们就会不客气地打断叙述。如果谈话的人言不及义，我们会明显地露出厌倦的神色。如果谈话的人缺少真知灼见，我们会讽刺挖苦，令他难堪……凡此种种，我都无数次地表演过，至今一想起来，无地自容。

世上的人，天然就掌握了倾听艺术的人，可说凤毛麟角。

不信，咱们来做一个试验。

你找一个好朋友，对他或她说，我现在同你讲我的心里话，你却不要认真听。你可以东张西望，你可以搔首弄姿，你也可以听音乐梳头发，干一切你忽然想到的小事，你也可以环顾左右而言他……总之，你什么都可以做，就是不必听我说。

当你的朋友决定配合你以后，这个游戏就可以开始了。你必要拣一件撕肝裂胆的痛事来说，越动感情越好，切不可潦草敷衍。

好了，你说吧……

我猜你说不了多长时间，最多3分钟，就会鸣金收兵。无论如何你也说不下去了。面对着一个对你的疾苦你的忧愁无动于衷的家伙，你再无兴趣敞开襟怀。不但你缄口了，而且你感到沮丧和愤怒。你觉得这个朋友愧对你的信任，太不够朋友。你决定以后和他渐疏渐远，你甚至怀疑认识这个人是不是一个错误……

你会说，不认真听别人讲话，会有这样严重的后果吗？我可以很负责地告诉你，正是如此。有很多我们丧失的机遇，有若干阴差阳错的信息，有不少失之交臂的朋友，甚至各奔东西的恋人，那绝缘的起因，都系我们不曾学会倾听。

好了，这个令人不愉快的游戏我们就做到这里。下面我们来做一项令人愉快的活动。

还是你和你的朋友。这一次，是你的朋友向你诉说刻骨铭心的往事。请你身体前倾，请你目光和煦。你屏息关注着他的眼神，你随着他的情感冲浪而起伏。如果他高兴，你也报以会心的微笑。如果他悲哀，你便陪伴着垂下眼帘。如果他落泪了，你温柔地递上纸巾。如果他久久地沉默，你也和他缄口走过……

非常简单。当他说完了，游戏就结束了。你可以问问他，在你这样倾听他的过程中，他感到了什么？

我猜，你的朋友会告诉你，你给了他尊重，给了他关爱。给他的孤独以抚慰，给他的无望以曙光。给他的快乐加倍，给他的哀伤减半。你是他最好的朋友之一，他会记得和你一道度过的难忘时光。

这就是倾听的魔力。

倾听的"倾"字，我原以为就是表示身体向前斜着，用肢体语言表示关爱与注重。翻查字典，其实不然。或者说仅仅作这样的理解是不够全面的。倾听，就是"用尽力量去听"。这里的"倾"字，类乎倾巢出动，类乎倾箱倒箧，类乎倾国倾城，类乎倾盆大雨……总之，殚精竭虑毫无保留。

可能有点夸张和矫枉过正，但倾听的重要性我以为必须提到相当的高度来认识，这是一个人心理是否健康的重要标志之一。人活在世上，说和听是两件要务。说，主要是表达自己的思想情感和意识，每一个说话的人都希望别人能够听到自己的声音。听，就是接收他人描述内心想法，以达到沟通和交流的目的。听和说像是鲲鹏的两只翅膀，必须协调展开，才能直上九万里。

现代生活飞速地发展，人的一辈子，再不是蜷缩在一个小村或小镇，而是纵横驰骋漂洋过海。所接触的人，不再是几十一百，很可能成千上万。要在相对短暂的时间内，让别人听懂了你的话，让你听懂了别人的话，并且在两颗头脑之间产生碰撞，这就变成了心灵的艺术。

现今鼓励青年的励志书很多，教你怎样展现自我优点，怎样在第一时间给人一个好印象，怎样通过匪夷所思的面试，怎样追逐一见钟情的异性……都有不少绝招。有人就觉得人际交往是一个充满了技术的领域，可以靠掌握若干独门功夫就能翻云覆雨的领域。其实，享有好的人际关系，学会交流，听比说更重要。

从人的发展顺序来看，我们是先学着听。我之所以用了"学着"这个词，是指如果没有系统的学习，有的人可能终其一生，都没能学会如何"听"。他可以听到雪落的声音，可他感觉不到肃穆。他可以听到儿童的笑声，可他感受不到纯真。他可以听到旁人的哭泣，却体察不到他人的悲苦。他可以听到内心的呼唤，却不知怎样关爱灵魂。

从婴儿开始，我们就无意识地在听。听亲人的呼唤，听自然界的风雨，听远方的信息，听社会的约定俗成。这是一种模糊的天赋，是可以发扬光大也可以湮灭无闻的本能。有人练出了发达的听力，有人干脆闭目塞听。有很多描绘这种状态的词语，比如"充耳不闻""置若罔闻"……对"闻"还有歧视性的偏见，比如"百闻不如一见"。

听是需要学习的。它比"说"更重要。如果我们没有听到有关的信息，我们的"说"就是无的放矢。轻率的人，容易下车伊始就哇里哇啦地说，其实沉着安静地听，是人生的大境界。

只有认真地听，你才能对周围有更确切的感知，才能对历史有更深刻的把握，才能把他人的智慧集于己身，才能拓展自己的眼界和胸怀。

读书是一种更广义的倾听。你借助文字，倾听已逝哲人的教诲。你借助翻译，得知远方异族的灵慧。

倾听使人生丰富多彩，你将不再囿于一己的狭隘贝壳，潜入浩瀚的深海。倾听使人谦虚，知道山外有山天外有天。倾听使人安宁，你知道了孤独和苦难并非只莅临你的屋檐。倾听使人警醒，你知道此时此刻有多少大脑飞速运转，有多少巧手翻飞不息。

倾听是美丽的。你因此发现世界是如此五彩缤纷。倾听是幸福的一种表达，因为你从此不再孤单。

倾听是分层次的。某人在特定的时刻，讲了特定的话。只有当我们心静如水，才能听到他的话后之话。年轻人最易犯的毛病是——他明白所有倾听的要素，也懂得做出倾听的姿态，其实呢，他在想着自己待会儿要说的话。他关注的不是述说者，而是自己。"佯听"是很容易露馅的，只要他一开口讲话，神游天外的破绽就败露了。两个面对面述说的人，其实是最危险的敌人。一切都被心灵记录在案。

倾听是老老实实的活儿，来不得半点虚假和做作。倾听是对真诚直截了当的考验。所以，如果你不想倾听，那不是罪过。如果你伪装倾听，就不单是虚伪，而且是愚蠢了。

当我深刻地明白了倾听的本质而不是仅仅把它当成讨好的策略后，倾听就向我展示了它更加美丽的内涵，它的无处不在。如果你谦虚，以万物为师长，你会听到松涛海啸雪落冰融，你会听到蚂蚁的微笑和枫叶的叹息。如果你平等待人，你的耐心就有了坚实的基础，你可以从述说者那里获得宝贵的馈赠。这就是温暖的信任和支撑。

年轻的朋友们，让我们学会倾听吧。当你能够沉静地坐下来，目光清澄地注视着对方，抛弃自己的傲慢和虚荣，微微前倾你的身姿，那么你就能听到心与心碰撞的清脆音响，宛若风铃。

拍卖你的生涯

朋友参加过一堂很别致的讲座，对我详细地描绘了一番。

她说，讲座叫作"拍卖你的生涯"。外籍老师发给每人一张纸，其上打印着数十行字：

1. 豪宅

2. 巨富

3. 一张取之不尽用之不竭的信用卡

4. 美貌贤惠的妻子或英俊博学的丈夫

5. 一门精湛的技艺

6. 一个小岛

7. 一所宏大的图书馆

8. 和你的情人浪迹天涯

9. 一个勤劳忠诚的仆人

10. 三五个知心朋友

11. 一份价值50万美元并每年可获得25％纯利收入的股票

12. 名垂青史

13. 一张免费旅游世界的机票

14. 和家人共度周末

15. 直言不讳的勇敢和百折不挠的真诚

……

大家先是愣愣地看着这些项目，之后交头接耳地笑，感觉甚好。本来嘛，全世界的美事和优良品质差不多都集中在此了。

老师拿起一只小锤子，轻敲讲台，蜂房般的教室寂静下来。老师说（他能讲不很普通的普通话），我手里是一只旧锤子，但今天它有某种权威——暂时充当拍卖锤。我要拍卖的东西，就是在座诸位的生涯。

课堂顿起混乱。生涯？一个叫人生出沧桑和迷茫的词语。我们大致明白什么是生存，什么是生活，但很不清楚什么是生涯。我们只是一天天随波逐流地过着，也许70岁的时候，才恍然大悟，生涯已在朦胧中越来越细了。

老师说，一个人的生涯，就是人生的追求和事业的发展。它可以掌握在你自己手中。性格就是命运。生涯从属于你的价值观。通常当人们谈到生涯的时候，总觉得有太多的不可把握性，埋藏在未知中。其实它并非想象中那般神秘莫测。今天，我想通过这个游戏，让大家比较清晰地看到自己的爱好，预测自己的生涯。

大家听明白了，好奇地跃跃欲试。

我相信在每一个成人的内心深处，都潜伏着一个爱做游戏的天真孩童，只不过随着时光流逝，蒙上了世故的尘土。

成年以后的我们，远离游戏，以为那是幼稚可笑的玩闹。其实好的游戏，具有开蒙人的智慧，通达人的思维，启迪人的感悟，反省人的觉察的力量。当我们做游戏的时候，就更接近了真我。

老师说，我现在象征性地发给每人1000块钱，代表你一生的时间和精力。我会把这张纸上所列的诸项境况，裁成片，一一举起，这就等于开始了拍卖。你们可以用自己手中的积蓄，购买我的这些可能性。100块钱起叫，欢迎竞价。当我连喊三次，无人再出高价的时候，锤子就会落下，这项生涯就属于你了。注意，我说的是可能性，并非真正的事实。它的意思就是——你用999元竞得了豪宅，但并不等于你真的拥有了一栋仙境般的别墅，只是说你将穷尽一生的精力，来为自己争取。相信只要你竭尽全力，把目标当成整个生涯的支撑点，达至的可能性甚大。

教室里的气氛，骚动之后有些沉凝。这游戏的分量举轻若重，它把我们人生的繁杂目的，约分并形象化了——拼此一生，你到底要什么？

老师举起了第一项拍卖品——拥有一个小岛。起价100元。

全场寂静。一个小岛？它在哪里？南半球还是北半球？大西洋还是太平洋？面积如何？人口多少？有无石油和珊瑚礁？风光怎样？

疑声鹊起，大家迫切希望提供更详尽的资料，关于那个小岛，关于风土人情。老师一脸肃然，坚定地举着那个纸片，拒绝做更进一步的解说。

于是，我们明白了。小岛，就是小小的平平凡凡的一个无名岛。你愿不愿以一生做赌，去赢得这块海洋中的绿地？

终于，一个平日最爱探险、充满生命活力的女生，大声地喊出了第一个竞价——我出200！

一个男生几乎是下意识地报出：500！他的心思在那一瞬很简单，买下荒凉岛屿这样的事件，就该是男子汉干的事情。

但那名个子不高但意志顽强的女生志在必得了。她涨红着脸，一下子喊出了1000！

这是天价了。每个人只有1000块钱的储备，也就是说，她已定下以毕生的精力，赢得这个小岛的决心。别的人，只有望洋兴叹了。

那个男生有些悻悻地说，竞价应该一点点攀升，比如她要出600，我喊700……这样也可给别人一个机会。

老师淡然一笑说，我们只是象征性地拍卖，所以可能不合规矩。大家要记住，生涯也如战场，假如你已坚定地确认了自己的目标，就紧紧锁定它。机遇仿佛闪电的翎毛。

大家明白了竞争的激烈，肃静中有了潜藏的紧迫和若隐若现的敌意。

拍卖的第二项是美貌贤惠的妻子或英俊博学的丈夫。

我原以为此项会导致激烈的竞拍，没想到一时门可罗雀。也许因为它太传统和古板，被其他更刺激的生涯吸引，大伙不愿在刚开场不久，就把自己的一生拴入伴侣的怀抱。好在和美的家庭，终对人有不衰的吸引力，在竞争不激烈的情形下，被一位性情温和的男子以700元买去。

我把指关节攥得紧紧，如果真有一把钞票，会滴下浑浊的水来。到底用这唯一的机会，买回怎样的生涯？扒拉一下诸样选择中，自己中意的栏目有限，和同志们所见略同也说不准。定谋贵决，一旦确立了自己的真爱，便需直捣黄龙，万不可游移吝惜。要知道，拍的过程水涨船高步步为营。倘稍一迟缓，被他人横刀夺爱，就悔之莫及了。

拍到"取之不尽用之不竭的信用卡"时，引起空前激烈的争抢。聪明人已发现，所列的诸项，某些外延交叉涵盖，可互相替代。有同学小声嘀咕，有了信用卡，巨富不巨富的，也不吃紧了，想干什么，还不是探囊索物？于是信用卡成了最具弹性和热度的饽饽。一时群情激昂，最后被一奋勇女将，自重围中掳走。

其后的诸项拍卖，险象环生。有些简直可以说是个人价值取向甚至隐秘的大曝光。一位众人眼中极腼腆内向的男同学，取走了免费旅游世界的机票，让人刮目相看。一位正在离婚风波中的女子，选择了和情人浪迹天涯，于是有人暗中揣测，她是否已有了意中人？一位手脚麻利助人为乐的同学，居然选了勤快忠诚的仆人，让全体大跌眼镜。细一琢磨，推算可能他总当一个勤快人，已经厌烦，但又无力摆脱这约定俗成的形象，出于补偿的心理，干脆倾其所有，买下对另一个人的指挥权吧。一旦咀嚼出这选择背后的韵味，旁观者就有些许酸涩。

一位爱喝酒的同人，一锤定音买下了"三五个知心朋友"，让我在想象中，立即狠狠捆了自己一掌。从前，我劝过他不要喝那么多的酒，他笑说，我喜欢和朋友在一起。我不死心，便再劝，他却一直不改。此番看了他的选择，我方晓得朋友在他的心秤上如此沉重。我决定——该闭嘴时就闭嘴吧。

光顾看别人的收成，差点耽误了自己地里的活计。同桌悄悄问，你到底打算买何种生涯？

我说，没拿定主意啊。我想要那座图书馆。

同桌说，傻了不是？我看你不妨要那张价值50万美元且年年递增25％的股票，要知道这可是一只会下金蛋的火鸡。只要有了钱，什么图书馆置办不出来呢？你要把图书馆换成别的资产，就很困难了。如今信息时代，资料都储藏在光盘里，整个大英博物馆也不过是若干张碟的事。图书馆是落后的工业时代的遗物了……

他话还没说完，老师举起了新的一张卡片。他见利忘友，立刻抛开我，大喊了一声：嗨！这个我要定了。1000！

我定睛一看，他倾囊而出购买回来的是一门精湛的技艺。

我窃笑道，你这才是游牧时代的遗物呢，整个一小农经济。

他很认真地说，我总记着老爸的话，家有千金，不如薄技在身。

我暗笑，哈，人啊，真是环境的产物。

好了，不管他人瓦上霜了，还是扫自己门前的雪吧。同桌的话也不无道理。有了足够的钱，当然可以买下图书馆或是任何光碟。但你没有这些钱之前，你就干瞪眼。钱在前，还是图书馆在前？两者的顺序便有了原则的不同。我愿自己在两鬓油黑耳聪目明之时，就拥有一座窗明几净汗牛充栋庭院深深、斗拱飞檐的图书馆。再说，光碟和图书馆哪能同日而语？我不仅想看到那些古往今来的智慧头脑留下的珍珠，还喜欢那种静谧幽深的空间和气氛，让弥漫在阳光中的纸张味道鼓胀自己的肺……这些，用钱买来的新书和光碟，仿得出来吗？

正这样想着，老师举起了"图书馆"，我也学同桌，破釜沉舟地大喊了一声：1000！

于是，宏大的图书馆就落到了我的手中。那一刻，虽明知是个模拟的游戏，心中还是扩散起喜悦的巨大涟漪。

拍卖一项项进行下去，场上气氛热烈。我没有参加过实战，不知真正的拍卖行是怎样的程序，但这一游戏对大家心灵的深层触动，是不言而喻的。

当老师说游戏到此结束，教室一下静得不可思议，好像刚才闹哄哄的一干人，都吞炭为哑或羽化成仙了。

老师接着说，有人也许会在游戏之后，思索和检视自己，产生惊讶的发现和意料外的收获。有一个现象，不知大家发现没有，有三项生涯，当我开价100元之后，没有人应拍，也就是说不曾成交。这种卖不出去的物品，按规矩，是要拍卖行收回的。但我决定还是把它们留下。也许你们想想之后，还会把它们选作自己的生涯目标。

这三项是：

1. 名垂青史

2. 和家人共度周末

3. 直言不讳的勇敢和百折不挠的真诚

同学们大眼瞪小眼，刚才都只专注于购买各自的生涯，不曾注意被遗落冷淡的项目。听老师这样一说，就都默然。

我一一揣摩，在心中回答老师。

和家人共度周末？

老师别恼。不曾购买它以做自己的生涯，原因可能是多方面的。有人以为这是很平淡的事，不必把它定做目标。凡夫俗子们，估摸着自己就是不打算和家人共度周末，也没有什么地方可去。一件被迫的几乎命中注定的事，何必要选择？还有的人，是一些不愿归巢的鸟，从心眼里不打算和家人共度周末。现今只有没本事的人，才和家人共度周末。有本事的人，是专要和外人度周末的。

青史留名？

可叹现代人（当然也包括我），对史的概念已如此脆弱。仿佛站在一个修鞋摊子旁边，只在乎立等可取，只在乎急功近利。当我们连清洁的水源和绵延的绿色，都不愿给子孙留下的时候，拥挤的大脑中，如何还存得下一块森严的石壁，以反射青史遥远的回声？

勇敢和真诚？

它固然是人类曾经自豪和骄傲的源泉，但如今怯懦和虚伪，更成了安身立命的通行证。预定了终生的勇敢和真诚，就把一把利刃悬在了颅顶，需要怎样的坚忍和稳定?! 我们表面的不屑，是因为骨子里的不敢。我们没有承诺勇敢的勇气，我们没有面对真诚的真诚。

游戏结束了，不曾结束的是思考。

在弥漫着世俗气息的"我"之外，以一个"孩子"的视角，重新剖析自己的价值观和生存质量，内心就有了激烈的碰撞和痛苦的反思。

在节奏纷繁的现代社会，我们一天忙得视丹成绿，很难得有这种省察自我的机会。这一瞬让我们返璞归真。

人生的重大决定，是由心规划的，像一道预先计算好的框架，等待着你的星座运行。如期改变我们的命运，请首先改变心的轨迹。

　　一位睿智老人说，在每个人心灵深处，都珍藏着一幅对这个世界最初的印象。它储存在脑海的褶皱中，平时被繁杂的信息遮挡着，好像昏睡的幽灵，不理晨昏。但它是无处不在的，笼罩着我们，统领着每个人对世界的基本视点。好像一纸符咒，规定了我们探询世界的角度。

　　这话挺悬秘的，有点巫术的味道。我不服，挑战地问，可以当场试试吗？

　　老人很谦和地一笑，说，一家之言。你可以信，也可以不信。

　　我说，我恰好知道一个人的心底图像。您若说中了，我就信。

　　老人淡然回答，行啊。

　　我说，这个人啊，脑海里留下的最朦胧也就是最原始的印象是——一片无边的荒漠，尘沙漫天，苍黄渺茫。但他周围的小环境不错，好像是一个温暖的怀抱，有袅袅的香气回绕……

说完，我定定地看着老人，且听他如何分解。

老人缓缓说，他的精神世界对立而单纯，沉重而简明。对世界本质的认识充满疑惧，觉得人力无法胜天，宇宙不可知。人是孤独渺小的生物，基调混沌而迷茫。但他还会快乐而努力地活着，时时感受到温情和带着暖意的希望，寻找一个光亮安静芬芳的所在……

说完后，老人问我，他是这样一个人吗？

我抑制住自己的大惊异，说，对与不对，以后我再告诉您。现在，我最想知道的，就是您这种分析的基本方法。能教我一些吗？

老人说，少许心得，不值多说。有点占卜的意味，但并不是街头的摆摊算卦。首先，你让被试者静静地躺下，拼命想早先的事。意识好比柳絮，能飞多远飞多远。回忆的触角竭力向脑仁深处钻，最后变得似睡非睡似醒非醒，一片混沌最好。让人由眼前的明明白白，泡入米汤样的童年。到了再也沉不下去的时候，他的心里就会猛地浮出一幅画。让他把这幅画讲给你听，然后……

老人一一道来，我全身心紧急动员，照单接收。老人说，喏，基本思路就这些。剩下的事，看你的悟性了。

我说，您可要传帮带啊。

其后的一段时间，我像个居心叵测的探子，不断启发诱导各色人等，把他们脑海中留下的生命原初印象，挖掘出来，一一告我，由我再转达老人。老人娓娓道出其中蕴涵的深意，好似隔山买牛。至于那人真实生活中的脾气品行，老人完全不感兴趣，也绝不想知道。在他的眼里，每个人的图谱，就是性格之书打开的目录，他不过是读出来而已。

开头不顺利。第一位男人所谈，简陋得像撕下的小人书碎片。

那幅图像吗？好像是一个黑夜，不知是灯灭了，还是眼睛得了病，总之黑暗包绕……完了，就这些。他干巴巴地舔舔嘴唇说。

他那时黑暗，我此时也黑暗。到处像泼了墨汁，如何分析？只好拼命启发他再想深入些。搜肠刮肚半晌，他补充如下：我摸着黑，仿佛找到一碗粥，就把它喝下去了。我妈妈走过来，眼泪洒在我脸上。很凉……喔，就这些，再也没有了。他坚决地结束了回忆。

真是老虎吃天啊。我沮丧地请教老人，老人说，唔，足够了。他是个悲观主义者，一生都在寻找。他对自己终极寻找的东西，究竟是什么，他本人也闹不清楚。在这寻找的途中，他会得到温暖和利益的回报，他会很珍视亲情。但这些并不能缓解他寻找的焦虑，冲淡他与生俱来的悲哀，稀释充满他周围的茫茫黑色。

我频频点头。最终也没有告诉老人，那是一位苦苦求索的哲学家的心底图像。反正老人并不需要他人的验证。

一个矮小的年轻人不好意思地说，我的第一图像，似乎没什么好说的，支离破碎。那是我和我弟弟在抢被窝。你知道，我小的时候，家里很穷，打通腿，就是两人合盖一个被筒。谁都想把自己盖得暖和些，就拼命把被子朝自己身上裹……就这些，整夜抢啊抢的。穷人家的被子，小，遮了这头捂不了那头。我比弟弟个儿大，总是占上风的时候多些。这就是全部了。

老人分析：这个年轻人竞争性很强，在他的眼里，弱肉强食是生存的基本状态。他信奉实力决定一切。因此他会不遗余力地为自己争夺尽可能多的物质利益和生存空间。但他一般不会害人，不会使用特别凶残的手段。在他的内心里，还残存着普天之下皆兄弟的道义。

实际情况：那年轻人个子不高，说苛刻点几乎要算其貌不扬了，加上家境贫寒，按照常理，该是比较自卑的。但他不，一点都不。整天意气风发精神抖擞的，上大学，考研究生，什么都不落空。每当竞争的时候，他总是毫不退却，奋勇向前。计谋算不上很光明正大，但手段也并不太卑劣，懂得趋利避害，适可而止。也许是天助加上人和，他的运气一直不错。

一位依旧美丽的中年女企业家告诉我，世界在她眼里，是盘根错节的森林，热带雨林，遮天蔽日的。她在摸索着走，有时是爬，到处都是陷阱和叫不出名字的昆虫，很华丽也很狰狞……下着雨，很冷，有大毛虫发育成的极冷艳的蝴蝶在脖子后面盘旋……

我对这幅图像的真实性，抱有深刻怀疑。她祖籍北方，从未踏到北回归线以南。再说一个幼小婴孩，想象得出热带雨林的具体模样吗？还有，毛虫和蝴蝶，这样复杂重叠的象征物，也是孩童鞭长莫及的。她的叙述，更像一场成人梦境，一个幻觉。但女企业家谈话时的郑重神态，使我无法贸然认定她在说谎。

老人听完我的转述与疑问，首先说，这是真实的。心灵的真实，不仅仅是亲眼所见，更多的时候，是一种浓缩升华后的感受。哪怕你说图像尽头，是一幅外星球人联欢的图画，我也确信无疑。人的感受有一种特质——无比忠诚。出于种种的利害关系，它可以欺骗别人，但它为自己保留下的图谱，却不会是赝品。这位女性对世界的看法，是荒诞奇诡而又不乏夺人心魄的诱惑与美丽，她应该擅长打拼，奋斗出了很好的成就，她好强，勇于挑战，但在不断的挣扎寻觅中，又感到巨大的孤独与人世的险恶。她臆造了一片热带雨林……

我无话可说。老人就像与那女人相识了100年，用电脑扫描了她的整个人生，留下一纸谶语。

随着积累人们心底第一幅图像数量的增多，我渐渐发觉探索源头的奥秘，对每个人是一次心灵的剖析和飞跃。知道了自己眺望世界的基本视角，便有了揭示自身很多特点的钥匙。我们也许不能改变它，却可以因此变得更加理智和从容。

老人有一天对我说，你第一次对我描述的那个人，就是在沙漠中睁开眼睛看世界的人，是谁啊？你还没有告诉我。

我说，那个人就是我。我母亲抱着我，行进在从新疆到北京天地一色的途中。

"分裂"是个可怕的词。一个国家分裂了，那就是战争。一个家庭分裂了，那就是离异。一个民族分裂了，那就是苦难。整体和局部分裂了，那就是残缺。原野分裂了，那就是地震。天空分裂了，那就是黑洞。目光分裂了，那就是斜眼。思想和嘴巴分裂了，那就是心口不一。人的性格分裂了，那就是精神病，俗称"疯子"。

早年我读医科的时候，见过某些精神病人发作时的惨烈景象，觉得"精神分裂症"这个词欠缺味道，还不够淋漓尽致入木三分。随着年龄的增长和阅历的丰富，这才知道"分裂"的厉害。

分裂在医学上有特殊的定义，这里姑且不论。用通俗点的话说，就是在我们的心灵和身体里，存在着两个司令部。一个命令往东，另一个指示往西或是往南，也可能往北。如同十字路口有多组红绿灯在发号施令，诸车横冲直撞，大危机就随之出现了。

分裂耗竭我们的心理能量，使我们衰弱和混乱。有个小伙子，人很聪明敏感，表面上也很随和，从来不同别人发火。他个矮人黑，大家就给他起外号，雅的叫"白矮星"，简称"小白"。俗的叫"碌磕"，简称"老六"。由于他矮，很多同学见到他，就会不由自主地胡噜一下他的头发，叫一声"六儿"或是"小白"，他不恼，一概应承着，附送谦和的微笑，因而人缘很好。终于，有个外校的美丽女生，在一次校际联欢时，问过他的名字后，好奇地说，你并不姓白，大家为什么称你"小白"？这一次，他面部抽搐，再也无法微笑了。女生又问他是不是在家排行第六？他什么也没说，猛转身离开了人声鼎沸的会场。第二天早上，在校园的一角发现了他的尸体。人们非常震惊，百思不得其解，有人以为是谋杀。在他留下的日记里，述说着被人嘲弄的苦闷，他写道：为什么别人的快乐要建立在我的痛苦之上？每当别人胡噜我头顶的时候，我都恨不得把他的爪子剁下来。可是，我不能，那是犯罪。要逃脱这耻辱的一幕，我只有到另一个世界去了……

大家后悔啊！曾经摸过他头顶的同学，把手指攥得出血，当初以为是亲昵的小动作，不想却在同学的心里刻下如此深重创伤，直到绞杀了他的生命。悔恨之余，大家也非常诧异他从来没有公开表示过自己的愤怒。哪怕是只有一次，很多人也会尊重他的感受，收回自己的轻率和随意。

这个同学表面上的豁达，内心的悲苦，就是一个典型的分裂状态。

如果你不喜欢这类玩笑和戏耍，完全可以正面表达你的感受。我相信，绝大多数的人会郑重对待，改变做法。当然，可能部分人会恶作剧地坚持，但你如果强烈反抗，相信他们也会有所收敛。那些忍辱负重的微笑，如同错误的路标，让同学百无禁忌，终致酿成惨剧。

如果你愤怒，你就呐喊。如果你哀伤，你就哭泣。如果你热爱，你就表达。如果你喜欢，你就追求。

如果你愤怒，却佯作宽容，那不但是分裂，而且是混淆原则。如果你哀伤，却佯作欢颜，那不但是分裂，而且是对自己的污损。如果你热爱，却反倒逃避，那不但是分裂，而且是丧失勇气。如果你喜欢，却装出厌烦，那不但是分裂，而且是懦弱和愚蠢……

所有的分裂都是要付出代价的。轻的是那稍纵即逝的机遇，一去不复返。重的就像刚才说到的那位朋友，押上了宝贵的生命。最漫长而隐蔽的损害，也许使你一生郁郁寡欢沉闷萧索，每一天都在迷惘中度过，却始终不知道这是为什么。

一位女生，与我谈起她的初恋。其实恋爱是一个古老的话题，地球上曾经生活过的几百亿人都曾遭逢。但每一个年轻人，都以为自己的挫败独一无二。女生说她来自小地方，为了表示自己的先锋和前卫，在男友的一再强求下，和他同居了。后来，男友有了新欢抛弃了她。极端的忧虑和愤恨之下，女生预备从化工商店买一瓶硫酸。

你要干什么？我说。

他取走了我最珍贵的东西，我要把他的脸变成蜂窝。该女生网满红丝的眼光，有一种母豹的绝望。

我说，最珍贵的东西，怎么就弄丢了？

女生语塞了，说，我本不愿给的，怕他说我古板不开放，就……

我说，既然你要做一个先锋女性，据我所知，这样的女性对无爱的男友，通常并不选择毁容。

女生说，可我忍不了。

我说，这就是你矛盾的地方了。你既然无比珍爱某样东西，就要千万守好，深挖洞，广积粮，藏之深山。不要被花言巧语迷惑，假手他人保管。你骨子里是个传统的女孩，你需尊重自己的选择。如果真要找悲剧的源头，我觉得你和男友在价值观上有所不同。你在同居的时候崇尚"解放"，蔑视传统的规则。你在被遗弃的时候，又祭起了古老的道德。我在这里不作价值评判，只想指出你的分裂状态。你要毁他容颜，为一个不爱你的人，去违犯法律伤及生命，这又进入一个可怕的分裂状态了。人们认为恋爱只和激情有关，其实它和我们每个人的历史相连。爱情并不神秘，每个人背负着自己的世界观走向另一个人。

世上也许没有绝对的对和错，但有协调和混乱之分，有统一和分裂的区别。放眼看去，在我们周围，有多少不和谐不统一的情形，在蚕食着我们的环境和心灵。

我们的身体，埋藏着无数灵敏的窃听器，在日夜倾听着心灵的对话。如果你生性真诚，却要言不由衷地说假话，天长日久，情绪就会蒙上铁锈般的灰尘。如果你不喜欢一项工作，却为了金钱和物质埋首其中，你的腰会酸，你的胃会痛，你会了无生活的乐趣，变成一架长着眼睛的机器。如果你热爱大自然，却被幽闭在汽油和水泥构筑的城堡中，你会渐渐惆怅枯萎，被榨干了活泼的汁液，压缩成一个标本。如果你没有相濡以沫的情感，与伴侣漠然相对，还要在人前作举案齐眉的恩爱夫妻状，那你会失眠会神经衰弱会得癌症……

这就是分裂的罪行。当你用分裂掩盖了真相，呈现出泡沫的虚假繁荣之时，你的心在暗中哭泣。被挤压的愁绪像燃烧的灰烬，无声地蔓延火蛇。将来的某一个瞬间，嘭地燃放烈焰，野火四处舔食，烧穿千疮百孔的内心。

分裂是一种双重标准。有人以为我们的心很大，可以容得下千山万水。不错，当我们目标坚定人格统一的时候，的确是这样。但当我们为自己设下了相左的方向，那相互抵消的劲道就会撕扯我们的心，让它皱缩成团，局促逼仄窒息难耐。

人是很奇怪的动物。如要你处在分裂的状态，你又要掩饰它，你就不由自主地虚伪。我听一位年轻的白领小姐说，她的主管无论在学识和人品上，都无法让她敬佩，可人在矮檐下，不得不低头。她怕主管发现了自己的腹诽，就格外地巴结讨好甚至谄媚，结果虽然如愿以偿加了薪，可她不快乐不开心。

我说，你可以只对她表示职务上工作上的服从和尊重，而不臧否她的人品。

白领小姐说，我怕她不喜欢我。

我说，那你喜欢她吗？

白领小姐很快回答，我永远不会喜欢她。

我说，其实，我们由于种种的原因，不喜欢某些人，是完全正常的事情。不喜欢并不等于不能合作。如果你和你所不喜欢的上司，只保持单纯而正常的工作关系，这就是统一。但要强求如沐春风亲密无间，这就是分裂，它必然带来情绪的困扰和行动的无所适从。其结果，估计你的主管也不是个愚蠢女人，她会察觉出你的口是心非。

白领小姐苦笑说，她已经这样背后评价我了。

分裂的实质常常是不能自我接纳。我们压抑自己的真实感受，以为它是不正当不光彩的，我们用一种外在的标准修正自己的心境和行为。这其实是一种自我欺骗，委屈了自己也不能坦然对人。

有人说，找工作时，我想到这个单位，又想到那个机构，拿不定主意。要是能把两个单位的优点都集中到一起，就比较容易选择了。

有人说，找对象时，我想选定这个人，又想到那个人也不错，要是能把两个人的长处都放在一个人身上，那就很容易下定决心了。

当我们举棋不定的时候，通常就是一种分裂状态。你想把现实的一部分像积木一样拆下来，和另一部分现实组装起来，成为一个虚拟的世界。

这是对真实一厢情愿的阉割。生活就是泥沙俱下，就是鲜花和荆棘并存。尊重生活本来面目，接受一个完整统一的真实世界，由此决定自己矢志不渝的目标，也许是应对分裂的法宝之一。

　　她是一个再婚的女人，穿着华丽得体，脸上浮动着礼仪性的微笑。看到我，她说，我现在十分幸福。

　　我们是在一个短暂的会议上结识的，吃饭时，正巧坐到一起。得知了我的职业，她说，晚上我也许会找你聊天。

　　此刻她来了，在沙发上很端正地坐下，裹着裙子的双膝，有教养地并拢后微微斜倚着，双手交叉抱在胸前，恰到好处地微笑。饭店千篇一律的落地灯，透过冷白的纱罩，从她的侧后上方轻柔地打下来，勾画出她脸庞优雅的轮廓和细致的皱纹。

　　我真的很幸福。重复地说过这句话之后她松开手臂，从钱夹中拿出一张全家福的照片给我看，一个大男孩和一个小女孩拉着手，一位中年男子，很踌躇满志的样子。她本人，仰望云彩微笑。背景是某游乐园巨大的摩天轮，悬挂着的每一间彩色小屋都紧紧地关着门，像无尽的删节号，在蓝天滑行。

我看了看，依旧什么也没说。

怎么，您不相信我幸福吗？她的声音好像有些气恼了，但笑容仍在。

我依旧沉默。从她进屋这短暂的时间，我不断听到"幸福"这个字眼，以至于让我高度怀疑它的真实性了。真正幸福的人，是不会半夜三更地到一个陌生人的房间来倾诉的。当某人反复描述某种情境的时候，多半是他自己对此产生了怀疑。

我稍作解释：幸福不幸福，通常只是当事人内在的感觉，没有统一的标准，也无须别人的肯定。所以，我很难说什么……

之后又是长久的沉寂。也许是我的无言，更激起了她的讲述欲望：

我是一个离了婚的女人。不是我想离，实在是没办法过下去了。他发了财搞第三者不说，还在外面和那女人租了房子。刚开始是每天半夜里才回来，我不说什么，总想用自己的温柔来感动他。没想到他顽石心肠，一点也不悔改。夜不归宿从每周一天，发展到三天四天，后来，干脆住到那里，公开成了一家子。倒把自己真正的家，当成了大车店。那些年，我天天以泪洗面，可我挺坚强的，真的，和谁都不说。我这人自小就要强，不能让旁人看我的笑话。小学中学同学聚会，我全都打扮得漂漂亮亮去，一次也不落，叫谁也看不出我不快活。可是我不能跟他们深谈，从小就待在一块儿，都是知根知底的人，话多了，非露馅不成。倘若女友只要问一句，你怎么那么瘦啊？我的眼泪就止不住了……

在那种见不得人的日子里，我忍啊忍的，总想，人心都是肉长的，终有一天，负心的男人，会认清这世上谁是真正的贤妻。一回，他破天荒地早回来了，我还没来得及给个笑脸，他说，你不是天天夸自己多么贤惠吗，今儿考验考验你。那边停电了，洗衣机没法使了，换下的衣服都臭了，你马上给洗出来吧。她可比你讲究，洗净点，晾干了，得熨平……我当时什么话都说不出来，就是你娶了两个老婆，我也算大的，怎么能反过来伺候你们这对狗男女！我把一包脏内衣，兜头兜脑地甩到他身上，转身上了法院。

离了婚，前夫不要孩子，抚养费给得也很少。我发了狠，一定要让女儿过上公主般的生活，让那个男人看一看，没有他，我们活得更有滋有味。话说起来容易，但一个白发悄然上头的女人，钱哪里是容易挣的？后来，找到了一家卖玩具的公司，那儿是提成制，你卖得多，就能挣得多。人家一看我这么大岁数了，说，卖玩具可是年轻人的事业，得欢蹦乱跳的，自己整个是一大玩家，孩子们才会乐意买。您啊，还是去卖个纺织品什么的，兴许还有点收益。他们说的在理，可卖衣料赚得太有限，我得养活孩子啊，就硬着头皮卖起了玩具。

一说玩具，您可能就想起积木、空竹什么的，那些太古老了。现在都是高科技的东西，一部动画片放出来，紧跟着上市的玩具，都是那里头有名有姓的玩偶，狂风似的迷倒了无数孩子。干这种玩具商，弄好了是个暴利行当，只不过一般人不大知道内情。销玩具的季节性很强，春节前大热卖，再有就是每年暑假。刨去这两个旺季，就很淡净。孩子们学习紧，考了期中考期末，谁还尽给孩子们买玩具啊。此行中的老手，都跟北方农民似的，干半年闲半年，忙时忙死，闲时骨头生锈。他们干得长了，都有自己的据点，也就是老客户，像一张绳床，织得密密麻麻。我一个青春不再的女人，哪里插得进去！所以，我刚入行时，收入很可怜。我想，这么下去，我们娘俩离饿死也不远了。我得改换策略。抢别人行的事，我不能干。我没那个本事，能把别人的老关系抢过来。退一万步讲，即便成，我也下不了那个手，叫人戳脊梁的事，咱不能干。

后来，淡季来了，大伙都闲着。我想，为什么不能试试呢？生孩子是不分淡季旺季的，每年每一天，都会有孩子过生日。现今的孩子是小皇帝，七大姑八大姨的，都赶来凑热闹。送豪华玩具，是个风光事。我上了年纪，要是直接和买玩具的孩子打交道，肯定不如那些和孩子年龄接近的大娃娃们占优势，但我要是和成年人交往，以一个妈妈的身份出现，那些想给孩子买玩具的亲属们，就容易相信我。这个路数定下来，我就不辞劳苦地跑商场推销。我长的模样不像个商人，是个缺陷其实也是个长处，更容易让别人少戒心，乐意买我推荐的货色，把我看成是一个爱孩子的妈妈……

刚开始，口干舌燥啊，说得我都腻烦听见自己的声音了。我把玩具操纵得比任何一个调皮的孩子都更出彩，简直成了一个大顽童。我的业绩开始缓缓上升。有点像盐碱地的果树，刚栽下的时候，半死不活的，真不敢寄什么希望。但慢慢地它扎下根来了，一天比一天有起色，开始挂果子了……

我轻轻摆了摆手。她是个很敏感的女人，立刻把说了半截的话含住了。

我说，我很理解你的努力和艰辛。但是，我们的时间有限，我想你到这里来，恐怕最主要的不是讲你怎么成了好玩具商。我更关心的是你的痛楚。

她的脸一下子变了颜色和形状，瓜子脸痉挛，青色透过脂粉渗出来，颤抖着说，我苦，您怎么看出来的？

我说，是猜。

她紧咬嘴唇，好像有些东西要自动跳出来，她在做最后抵抗。

我依旧什么也不说，等着她。

过了好半天，她说，好吧，我都告诉您。我干吗上这儿来？不就是要找个人，把心底的黄连水倒倒吗？要不，我会被自己的过去呛死了。她的语句快而微微颤抖。

后来，我有钱了。挺多，够我们娘俩过日子的。我想找个丈夫了。以前我没钱的时候，不敢找，怕自己条件太差，找不到好的，让女儿也跟着受屈。现在，有条件了，我也能挑挑别人了。挑了多少人，才挑中了我现在的丈夫。他也是被人抛弃的，我想吃过亏的人，应该更懂得珍惜。他带着一个男孩，他前妻也是不要孩子的。他没钱，日子像我以前那么苦。总而言之，我俩有那么多相像的地方，同病相怜啊。

一见面，我就喜欢上他了。我说，我会给孩子当好后妈的，跟对我的孩子一样好。有我们娘俩吃的，就有你们爷俩吃的。

婚礼我是竭尽所能地办，声势浩大。我把能请的同学都请来了，让他们亲眼看到我的富贵和快乐，并且证明我不是一个贪图财势的女子，我一心追寻的是我的幸福，被人抛弃一次，并没有什么了不起的，我又站起来了。

婚后不久，女儿就对我说，她不喜欢哥哥。她挺乖的，早就改口叫爸叫哥了。我想她一个人待独了，有个适应的过程。我对男孩格外好，因为不想叫人说我这个后妈偏心。他在学校闹事，我去挨老师的训斥，代他检讨，交罚款。后来他和小流氓打架，把人家的一只眼弄瞎了，人家要把他送去劳教。我吓坏了，心想，没和这家结亲以前，这孩子还没这样，现在出了事，传出去，我还有什么脸啊！于是，我拿出自己积蓄的一半，帮他把这件事摆平了。原来后夫不知道我有多少钱，从这事以后，他就倚在我身上，啥也不想干了。我跟他说，我的钱没多少了，咱一家四口，要是光花不干，支撑不了多少时间。他不信，说我为了一个不是自己的孩子，都能一下子出那么多钱，不定潜伏着多大的油水呢。

这些我都忍了，心想将就着过吧。我不能再离婚了，离过婚的女人输不起了。你第一次错了，人家还会同情你，你再次错了，人家只有嘲笑你。所有的朋友都以为我过得很好，我无法把真相说出。

后来，我发现原本跟我无话不谈的女儿，话越来越少，简直就成了哑巴。我问什么她都不说，我知道她恨我把两人之家变成了四人之家。可她就不想想，一个孩子没有爸爸，人家会怎么看？现在，起码这个家表面上是完整的。至于别的事，自己不说，谁也不知道。

我就生活在这样的幻想中，直到有一天，在沙发上发现了血迹。我家养了一只猫，我以为是谁叫猫抓了，就嚷嚷起来。那要是得了狂犬病可不得了，赶快到防疫站打针吧！当时只有两个孩子在家，我女儿脸色惨白，但还是什么也不说。那个男孩就跪下了，说他把妹妹给强暴了……

我的如花似玉的女儿啊！那一刻，山崩地裂啊。

我以为我会昏过去，可惜我没有。我想这事怎么办呢？我要去告官。后夫知道了，也给我跪下了。说你要是告了，有什么好的？我丢人，我儿子丢人，可你女儿也丢人，你更丢人……你们丢的人更丑更大更多！

那个旺季，我一分钱的玩具也没卖出去，大家都说我是叫幸福泡软了，连活计也不想干了。只有我自己知道，那是怎样的苦海。面对大伙的玩笑，我更是说不出一句真话。后夫说的也许有理，一切都已是生米熟饭，你告了，什么也不会改变，得到的只是耻笑。还不如自己憋着，好歹在外面还有一份面子，所以……

所以，你就怀揣着全家福的照片，不停地给人看，不停地重复"我很幸福"这样的谎言！我说，心因为怜悯和愤怒而撕裂。她不是我遇到的最悲惨的女人，但却是最自欺欺人的懦弱者。

可不这样，我有什么法子？离过婚的女人输不起啊……她闭上眼睛，有一颗很大的泪珠从一只眼流下来，另一只的眼角始终干燥。我该怎么办啊?! 她发出母狼一样的哀号。

我说，离过婚的女人，可以再离婚。跌倒了的女人，可以原地爬起来。女儿是受害者，丢人的绝不是你们。人为什么要生活在自己编织的谎言中？你口口声声说最爱自己的女儿，可你辜负了她的信任。你是她的保护人，你没有尽到自己的职责！你纵容了犯罪，你懦弱，你无能，你生活在一个残酷的谎言中，你也在对女儿犯罪……

她终于收起了自己的笑容，放声痛哭，泪如雨下。

我所能做的唯一的事，就是不停地给她递纸巾。满地的白纸团触目惊心地滚动着，好像此处降下特大的冰雹。

许久许久，她终于停止了哭泣。我看到一种力量的光芒，闪烁在她因为哭泣而变得真实的脸颊上。

现在，我最该干的是什么？她有些不知所措地看着我。

我说，以你在商场上的征战，我相信你是一个有勇气有智慧的女子。你是一定知道自己该干什么的。

她若有所思。然后喃喃地说，我知道我第一件事该干什么了。

她把那张全家福抽出来，撕得粉碎。指甲因为过度用力，边缘变得毫无血色。相纸裂解成只有玉米粒大小的碎屑，她到卫生间，放水把全家福的尸骸冲走了。

我不幸福，但是我有勇气面对它。临走的时候，她说。

垃圾婚

有一位女博士，电话里表示要采访我。因为日程排满了，我和她约了多日之后的一个晚上。那天，我早早到了咖啡厅。她来迟了，神情疲惫。我说，你是不是生病了？如果不舒服，别勉强。她很急迫地说，不不不……我现在就是希望和人谈话，越紧张越好。

于是，我们开始。她打开笔记簿，逐条提问。看得出，她曾做过很充分的准备，但此刻精神却是委靡恍惚的。交流正关键时刻，她突然站起，说，不好意思，我上一下洗手间。

我当然耐心等待。她回来，落座，我们接着谈。不到十分钟，她又起身，说，不好意思——然后匆匆向洗手间方向小跑而去。

一而再，再而三。因为我们所坐的位置离洗手间有一段距离，拐来拐去一趟，颇费时间，谈话便出现了很多空白和跳跃。她不断地添加咖啡，直到我以一个医生的眼光，认为她在短时间内摄入的咖啡因含量，已到了引起严重失眠和心律紊乱的边缘。

我委婉地说，你要在意自己的身体。如果不适，咱们改日再谈吧。咖啡也要适当减少些，不然——像你这样美丽的女孩，会变得皮肤粗糙面容暗淡了……

她猛地扔开采访本，说，我这个样子，你仍旧认为我是美丽和光彩的吗？

我说，是啊，当然是。如果安安稳稳地睡上一个好觉，我相信你更会容光焕发。

她说，您说的睡觉，是什么意思呢？

我说，就是很普通很家常很必需的睡觉啊。温暖安全的房间，宽大的床铺，松软的枕头，蓬松的被子……当然了，空气一定要清新，略带微微的冷最好。喔，还有一件顶重要的事，要有一架小小的老式闹钟，放在床头柜上。到了预定时间，它会发出喑哑而锈的声音，刚好把你唤醒又不会吓你一跳……起床了，你就可以生龙活虎地快乐地干事了……

她用两只手握着我的手说，你怎么和我以前想的一模一样？！可惜，我现在不这样认为了。读博士的时候，我认识了乔，当他在草地上说，咱们睡一觉吧！我以为是仰望着蓝天白云，享受浪漫的依偎，没想到他就让我们的关系，从恋人火速到了夫妻。乔说，睡觉就是性的代名词。

女博士握着我的手，她的一只手很热，捂着咖啡杯的缘故。一只手很冷，那是此刻她的体温。

我说，乔是什么人呢？

她说，乔是个企业家，他没有很高的学历。乔说他喜欢读过很多书的人，特别是读过很多书的女人，尤其是读过很多书又很美丽的女人。我喜欢乔这样评价我的长处——读书和美丽。如果单看到我的书读得好，比如我的导师和我的师兄弟们，我觉得他们太不懂得欣赏女人的奥妙了。但如果只是看到我的美丽，比如有些比乔拥有更多财富和权势的人物喜欢我，但我觉得他们买椟还珠。

后来，我和乔结婚了。乔不算很富有，他原来说要给我买有游泳池的房屋，最后呢，只买了一套浴缸了事。但我不怨乔，我知道男人们都爱在他们喜爱的女人面前夸口。我相信只要乔好好发展，游泳池算什么呢？将来我们也许会拥有一个海岛呢！以我的学识和美丽，加上乔的生猛活力，我们是一对黄金伴侣。

说到黄金，结婚多少年之后，有一个称呼，叫作"金婚"。我看，婚姻必得双方原先就是两块黄金，结合在一起，才能是"金婚"吧？两块木头，用铁丝缠在一起多少年，也变不成黄金，只能变成灰烬。对不对？乔说，咱们一结婚，就是金婚了。

有一天，我有急事呼乔，乔那天为了躲一笔麻烦的交易，把手机关了。他说，呼机我开着呢，你呼我，我会回话。可我连呼多次，他就是没反应。晚上，我问乔说，你让我呼你，可你为什么不理我？他说，是吗？我不知道啊。他把呼机摘下说，喔，没电了。说完，他就出外办点小事。我正好抽屉里有电池，就给他的呼机换上。电池刚换好，呼机就响了。来电显示了一个电话号码，并有呼叫者的全名——一位女士。留言也是埋怨乔为什么杳无回音？口气肉麻暧昧，绝非我这个当妻子的说得出来。让呼台小姐转达如此放肆的情话，也不怕闪了舌头。

我立马把呼机扔到床上，好像它是活蟑螂。本能让我猜出了它后面的一切，阴谋在我的身边已经潜伏很久了。

我要感谢我所受过的系统教育，让我在混乱中很快整出条理——我首先要搞清情况，我不能再被人蒙在鼓里。背叛和欺骗，是我的两大困境，我要各个击破。威严的导师可能没想到，他所教授我的枯燥的逻辑训练和推理能力，成为我在情场保持起码镇定的来源。我立即把呼机里的新电池退下，把乔的旧电池重新填进。然后，整个晚上，用最大的毅力，憋住了不询问乔有关的任何事宜，乔也没有注意到我的沉默。那个电话号码和姓名，像我学过的最经典的定律，刻在了我的脑海里。

我先是查了乔的手机对外联络号码。我知道了乔和那女人通话之多，令人吃惊。我又查到了那个女人的住址和身份。

我找到她。我不知自己为什么要先找到她，而不是先和乔谈。也许，我不想再听乔的欺骗之词，那不仅是对感情的蹂躏，也是对我的智商的藐视。在我的潜意识里，也有几分好奇。我想知道这个把我打得一败涂地的女人，是个什么样子。

我找她的那一天，精心地化了妆，比我去见任何一位我所尊重的男士，出席任何一个隆重的场合，都要认真。我挑选了自己最满意的服饰，临敲她门的时候，心怦怦直跳。很可笑，是不是？但我就是那样子，完全丧失了从容。

门开了。她说她就是我要找的人。我倚着门框，简直要晕倒。我以为自己将看到一位国色天香的玉人，那样我输得其所，输得心甘情愿。我会恨乔，但我还会保存一点尊严。但眼前的这个女人，矮、黑、胖，趿拉着鞋，粗俗得要命，牙缝里还粘着羽绒似的茴香叶子⋯⋯

我问她那个传呼是什么意思？她说，你就是乔的那个博士老婆吧？你能想到什么意思，就是什么意思。你是博士吗？这点常识还没有！我什么也说不出来了，木然地往回走，那女人还补了一句，乔说了，跟博士睡觉，也就那么回事，没劲！

我跟乔摊开了。他连一点悔恨的表示都没有，说，离吧。我本来以为博士有特殊的味道，试了试，也就那么回事，你要是睁一眼闭一眼地过，也行。你还这么心眼多且不饶人，得了，拜拜吧。

办离婚那天，距我们结婚的日子，正好10个月。我不知道10个月的婚姻，有什么叫法，我把它称为"垃圾婚"。我们原本就不是金子，他不是，我也不是。把一种易生锈的东西和另一种易腐蚀的物件搁在一处，就成了垃圾。

我外表上还算平静，还可以做研究采访什么的。但我的内心受了重创。乔摧毁了我的自信心，我想，那个女人吸引他的地方是什么呢？容貌学历她一点没有。有的就是睡觉吧？那有什么了不起的？睡觉谁不会呢？我既然能做得了那么繁复深入的研究，睡觉能难得倒谁呢？我开始和多个男友交往，很快就睡觉。我得了严重的泌尿系统感染症，这两天又犯了，但咱们约好的时间我不想更改，这就是我不断地上洗手间的原因……

听着听着，我用手指围住滚热的咖啡杯。在她描述的过程中，我的手端渐渐冷却。

我该怎么办？女博士问我。

先把病治好。我说。

这我知道。也不是没治过。只是治好了，频繁地睡觉，就又犯了。她有些不好意思地说。

我说，睡觉，我说的是纯正的睡眠，对治病只有好处，没有坏处。女人们首先享有自己安宁的睡眠，才有力量清醒地考虑爱情啊。

女博士说，可是，我的垃圾婚姻呢？

我说，不是已经结束了吗？

她说，可是我还在垃圾堆里啊。

我说，你愿意当垃圾吗？

她说，这还用说吗？当然是不愿意的啦！可是，谁能救我？

我说，救你的只有一个人，就是你自己啊。既然你不愿意当垃圾，很好办。离开垃圾就是了。

她说，就这么简单啊？

我说，就这么简单。当然，具体做起来，你可能要有斗争和苦恼，但关键是决心啊。只要你下了决心，谁能阻止一个人从垃圾中奋起呢！

女博士点点头。招来侍者，说，我不要咖啡了，请来一杯白开水。我不再用浓浓的咖啡麻醉或是刺激神经了。有时候，最简单的办法，就是最有力量的啊。

我说，祝你睡个好觉。

世界上的事情，有些是不好比的，比如一颗星球和一片树叶，孰重孰轻？

当然是星球重了。但那星球远远地在天上飘着，和我们没有什么关系。一片袅袅的树叶坠下来，却惹得一位悲秋的女子写下千古绝唱。孰轻孰重？

但人们仍然喜爱比较，古时流传"不比不知道，一比吓一跳"，"人比人得死，货比货得扔"等诸多话语，说明"比"的重要性。如今科学加盟，更是创出了许多先进的指标，使"比"这件事，空前地科学和精确起来。

看到过一张"社会再适应评定量表"。

那表的左端，将我们生活中可能遭遇的变化，列成长长的一排。从亲人死亡，夫妻不和，离婚退休，违法破产，搬家坐牢，一直到睡眠习惯的改变和亲家翁吵架这样的事件，都做成明细的账表，计有数十种之多。

表的右侧，列出各相应事件的"生活变化单位"，简言之，就是一个事件对生活影响的严重程度。据说这个表是根据五千多人的病史分析和实验室所获资料，可以对某个人因为生活变化而造成的适应程度，作出数量估计。

当生活变化单位超过一百五十时，百分之八十的人感到严重不适、抑郁或有心脏病发作。

这段话学说起来十分拗口，其实就是把我们在生活中经常遭遇到的事，像小学生的算术卷子似的，每题各打一个分，说明它对我们身心的影响。把最近碰上的事的分叠加起来，就得到了一个总分，大致表明它们对我们生存境况的影响。不过这个分可不像高考的分，越高越好，而是患病的危险性同分数成正比。

列于生活事件严重程度的前三项是：

配偶的死亡：得分一百。

离婚：得分七十三。

夫妻分居：得分六十五。

可见在纷繁的世界上，家庭和亲人对我们如此至关重要。爱护家庭，就是爱护我们自己的生命。

金钱对身心的影响，远没有想象中那般显赫。少于一万元的抵押和贷款，居于严重等级的第三十七级台阶上，分值仅仅为十七，只相当于过一次半圣诞节。

各种节日也被列入影响生活的事件，比如圣诞节，它的分值是十二。刚开始很有些不得要领，过节是快乐的事情，怎么反成了坏事？静下心来想想，也有道理。在每一个盛大的节日背后，都有许多人疲倦和病痛。假如是身在远方的游子，每逢佳节倍思亲，潸然泪下，忧郁足以致病了。

与上司的矛盾，分值是二十三，只相当于一次半睡眠习惯的改变（睡眠习惯的改变分值为四十六）。

这表是洋人制定的，不大符合我们的国情。他们职业上来去比较自由，与老板闹僵了也不是什么了不起的事，对自家的情绪影响不大。若是中国的统计数字，和领导翻了脸，对目前的形势和以后的出路，都会投下巨大的阴影。这一点分值肯定是不够用的，起码需高上一倍。

表上所列大多是消极事件，就是我们常说的坏事。但也有积极事件。比如制定者们将"杰出的个人成就"这一辉煌事件的影响值，定为二十八分，相当于"儿女离家（二十九分）"和"姻亲纠纷（二十九分）"。

我们这个民族信奉的是"人逢喜事精神爽"，高兴还来不及呢，哪里还会因此有病？

反过来一想，中医素有"大喜伤心"与"乐极生悲"之说，大约也是这个道理。比如《儒林外史》中的范进中举，不知算不算是具备了"杰出的个人成就"，但痰迷心窍，一时疯傻，需他的岳丈一巴掌打在脸上才苏醒过来，却是千真万确的了。

"结婚"这一栏的分值是"五十"。

约等于一个半知心好友的死亡（好友死亡为三十七分）。

约等于一次搬迁（二十分）加上一次转学（二十分）再加上一次轻微的违法行为（十一分）的总和。

约等于个人的受伤或是害病（这一项为五十三分）。

超过了被解雇（四十七分）和退休（四十五分）。

"结婚"这件大喜事，竟有这样高的不良影响分值，世间许许多多的女子，可能也同我一样出乎意料，对人生的这一重要转折估计不足。

这张表当然也不是权威，但它毕竟从另一个角度向我们发出异样的警报。

结婚给女人带来了巨大的变化，从女儿变成媳妇，从恋人变成妻子，从自由身进入了特定的角色。

中国有句古话，叫作"凡事预则立，不预则废"。这张表也相当于我们生活的预报表。它是客观而严峻的。

过多沉迷于玫瑰色想象，对幸福不切实际的甜蜜憧憬，会削弱承受艰难的耐力。婚姻并不仅仅是快乐，是节日，是两情相悦，是生死与共。它还是考验，是煎熬，是一种熟悉生活的破坏和一种崭新模式的建立，是包含了智慧勇气人格意志的双方重新组合。就像进入一块陌生的大陆，所有的事件都有可能发生，我们对此必须有清醒的认识和足够的心理准备。

结婚约等于一次必将穿越风暴的航行。当新船驶离港口的时候，两个水手要将自己的身心调整到最光明最昂扬的状态，镇静地眺望远方，携手向前。

我和朋友做过一个游戏，很有趣。

你说你也想做。好啊，我希望大家都有机会参与，别看我们都已是成人，其实每个人心底都埋着一颗喜爱玩耍的种子。我先来讲一讲规则。所有的游戏都是有规则的，要想玩得好，就得守纪律，要不就乱了套了。

那规则就是——找一张白纸，写上你的一个常常出现的情绪，比如说——愤怒、怀念、孤独、忧郁等。哦，看到这里，你可能要说，都是让人懊丧的情绪啊！正面的可不可以写呢？当然可以啦，比方高兴、喜悦、慈爱、关切等，都行。

好了，现在你已写好了自己的想法。把那张藏着你的秘密的纸条对折，然后让它安安稳稳地平躺在桌上，一副大智若愚的模样，暂时谁也不让看。

此刻它就像一个沉睡的蚕宝宝，一动不动地眠着，只有到了揭开谜底的时分，才带着长长的思绪，飞出美丽的白蛾。

然后你找一个人，最好是对你比较了解，你把他或她当作知心朋友的人。你对他或她说，此刻，我正被一种情绪缠绕着，满心念的都是它。现在，你猜猜看，那是一种什么思绪？

他或她肯定会说，我又不是你肚子里的虫，我怎么会知道？

你说，别急啊，我会给你线索。这就是我的表情。平日当我被这种情绪笼罩的时候，我就作出这副模样，你猜猜看。

说完以上的话以后，你就坐到他对面（为了叙述方便，我就不论男女，都用"他"字了）。最好找一个光线明媚的地方，让你的一颦一笑，都让他尽收眼底。好啦，现在你心里默念着刚才写在纸上的字，脸上作出你沉浸在这种思绪中时对应的表情，也可以辅助身体的语言。比如你平日愁苦的时候，蛾眉紧锁，杏眼低垂，再加上挂着腮帮子，耷拉着头……总之，不要刻意表演，越自然，越像生活中真实的你，越好。

你保持如此的表情和姿势一分钟后，就可以恢复常态了。然后让你的朋友说出，刚才你在想什么。

他或许会沉默，会思索，会疑惑……注意啊，你一定要有足够的耐心，并且有克制力，不可提示，不可启发，不可诱导。否则咱们就前功尽弃啦。

依我和朋友玩过多次的经验，此时绝大多数的人会沉思良久，好像他们面对的不是一个朝夕相处的大活人，而是恐龙什么的，然后久久地不吭声。最后在大家都等得你不耐烦的时候，才迟迟疑疑地吐出一个词，比如——“苦闷……孤单……”然后忙不迭地打开桌上的纸条。一看之下，半晌不语，那答案和猜测往往风马牛不相及。

比如一个美丽的女孩子，作出眺望远方的模样。她的男友猜测——你是在想家！想父母！她呸了一声说，糊涂虫，我是在想你！男友说，我不就在你身边吗？当你出现这种神态的时候，我总是吓得屏气息声，不敢打破沉默。我不知道自己哪点没有做好，惹得你不满意，你才如此凄楚地思念他人……女孩子说，你怎么会这么笨呢？你既然爱我，就该懂得我的心。男孩子说，爱，只能解决一部分问题，并不能解决所有的问题。该说的你还得说出来，沉默不是金，是土是空气。女孩子说，我像革命先烈一样，我就是不说，我非要你猜。猜得出来我就嫁你，猜不出来，我就离开你……男孩子就愁眉苦脸地说，如果今后的几十年，天天都在灯谜和哑语中生活，累不累啊?!

另一个男子汉眼睛特别大。他做出第一个表情的时候，看着那铜铃一般圆睁的双眸，大家异口同声地说，噢，你在愤怒！

他一脸失望地说，才不是呢。好了，这个不算，我再做一次。他做出的第二个表情，又是如法炮制，瞪起双眼。大家稍微犹豫了一下，还是口径一致地说，你在发火！

他不甘心，又来了第三次。这一次的结果就更令人惆怅了。大家没精打采地说，你换个新内容让我们也好抖擞精神，干吗又做出打架的样子?!

男子汉后来沮丧地告知我们：他的纸条上，第一次写下的是"幸福"，第二次写下的是"喜爱"，第三次写下的是"慈祥"！

你肯定要说，差得这般十万八千里，我才不信呢！你一定是没选好对象，或者是围观的人太弱智，才如此指鹿为马。

我一点也不生气你的这种指责，我很希望你能亲自试一试。找自己最亲爱的人，最好。假如能百发百中地猜对，那真是人间少有的幸福伴侣。

我耐心地等待着你的试验……怎么样？做完了吧？你不仅仅做了一次，而是做了许多次。桌上的纸条叠起又打开，打开又写下，好像一只只归巢后又驱赶而出的信鸽。你很希望能打破我的预言。但你做完后，为什么长久地沉默不语？还透出淡淡的忧伤？你的手指把纸条扯成一缕缕，任它飘荡，好似破碎的思绪。

是的，真正的现实就是这般冷静而无商榷。最厚重的隔膜，就在咫尺之遥。在你以为肌肤相亲的帷幔当中，横亘着无法穿越的海峡。

科学技术是越来越发达了，但迄今没有一种仪器，可以测量出人类的情感进行状态，可以预计出人的情绪指数。当我们能够探知遥远星球的一次轻微地震的时候，我们不知道自己的同床伴侣，是否辗转反侧。爱情没有快译通，心灵的交流如此细腻朦胧。当我们以为自己洞察他人心扉的时候，其实往往隔靴搔痒南辕北辙。

不要怨天尤人，不要动不动就上纲到爱与不爱。爱不是万能钥匙，爱不能在每一个瞬间都摧枯拉朽。爱无法破译人间所有的符码，爱纵是金属，也会有局限和疲劳。增进了解可以加固爱，误会错怪可以动摇爱，这是我们每个人都曾有过的体验。

隔膜往往是双层的。当我们无法正确地表达的时候，我们首先就失却了被人悟知的前提。所以训练我们明快简捷准确平和的表达能力，是人生的重要课题。不要以为说出自己的心思是一件很简单的事情，在很多的时候，我们先是不敢说，再之是不肯说，然后是不屑说，最后就成了不会说。尤其是当我们软弱的时候，我们没有勇气说。当我们悲哀的时候，我们被文化的传统训导为不可说，说了就显懦弱，说了就是渺小。当我们痛苦的时候，我们以为不当说，说了就遭人耻笑。当我们孤独的时候，我们想不起说。

其实，一个人的坚强与否，不在于他是否说出自己的苦难，而在于他如何战胜自己的苦难。说的本身，也是一种描述和正视，当我们能够直视那些令人痛楚的症结的时候，力量也就随之产生了。

既不夸大也不缩小，既不言过其实，也不矫饰虚掩，直面惨淡的人生，逼视淋漓的鲜血，该是人生勇敢和智慧的大境界。

其次我们要会听。有人说，听谁还不会啊，是个人都带着自己的耳朵，想不听还办不到呢！

了解和交流，在于两颗心的同一律动，在于你深深地明了对方向你描述的那一切。从这个意义上说来，"会听"，也许是人生另一番需要修炼的深远功夫。坦诚说出自己的感受，即便艰难，好歹还有自我的内心世界可以参照，只需勇气和描述的技术，基本就可完成。但听的功力，除了有一双好耳朵，还需有一颗擦拭干净不畸形不变异的心。如果自心是哈哈镜，把人家的话听得变了形，那责任就不在说者，而在听者。

会听的心，要有大的空间，除了容纳自身，还能接纳他人。会听的心，要有对人的真诚，因为听的那一刻，你将把心灵至尊的位置，让给你的朋友。会听的心，是柔软和温暖的，让人感到茸茸的温馨。会听的心，是坚强的，因为它有自己顽强的意志，不会在袭来的痛苦之中摇摆淹没……

有一个可以救命的外科手术，叫作"心脏搭桥"，说的是在堵塞了血管的心脏上，再造一条新的流畅的脉路，让新鲜的充足的血液，流入衰弱的心脏。我很喜欢这个手术的名称，借来一用。我们除了在自己的心脏上搭桥，也需在不同的心脏之间搭桥，以传达我们彼此间的感觉和友谊。

爱怕什么

爱挺娇气挺笨挺糊涂的，有很多怕的东西。

爱怕撒谎。当我们不爱的时候，假装爱，是一件痛苦而倒霉的事情。假如别人识破，我们就成了虚伪的坏蛋。你骗了别人的钱，可以退赔，你骗了别人的爱，就成了无赦的罪人。假如别人不曾识破，那就更惨。除非你已良心丧尽，否则便要承诺爱的假象，那心灵深处的绞杀，永无宁日。

爱怕沉默。太多的人，以为爱到深处是无言。其实爱是很难描述的一种感情，需要详尽的表达和传递。爱需要行动，但爱绝不仅仅是行动，或者说语言和温情的流露，也是行动不可或缺的部分。我曾经和朋友们做过一个测验，让一个人心中充满一种独特的感觉，然后用表情和手势做出来，让其他不知底细的人猜测他的内心活动。出谜和解谜的人都欣然答应，自以为百无一失。结果，能正确解码的人少得可怜。当你自觉满脸爱意的时候，他人误读的结论千奇百怪。比如认为那是——矜持、发呆、忧郁……

一位妈妈，胸有成竹地低下头，做出一个表情。我和另一位女士愣愣地看着她，相互对视了一下，异口同声地说：你要自杀！她愤怒地瞪着我们说，岂有此理！你们怎么那么笨？！我此刻心头正充盈温情！愚笨的我俩挺惭愧的，但没等我们道歉的话出口，那妈妈恍然大悟道：原来是这样！怪不得我每次这样看着儿子的时候，他会不安地说：妈妈，我又做错了什么？你又在发什么愁？

爱是那样地需要表达，就像耗竭太快的电器，每日都得充电。重复而新鲜地描述爱意吧，它是一种勇敢和智慧的艺术。

爱怕犹豫。爱是羞怯和机灵的，一不留神它就吃了鱼饵闪去。爱的初起往往是柔弱无骨的碰撞和翩若惊鸿的引力。在爱的极早期，就敏锐地识别自己的真爱，是一种能力，更是一种果敢。爱一桩事业，就奋不顾身地投入。爱一个人，就斩钉截铁地追求。爱一个民族，就挫骨扬灰地献身。爱一种信仰，就至死不悔。

爱怕模棱两可。要么爱这一个，要么爱那一个，遵循一种"全或无"的铁则。爱，就铺天盖地，不遗下一个角落。不爱就抽刀断水，金盆洗手。迟疑延宕是对他人和自己的不负责任。

爱怕沙上建塔。那样的爱，无论多么玲珑剔透，潮起潮落，遗下的只是无珠的蚌壳和断根的水草。

爱怕无源之水。沙漠里的河啊，即便不是海市蜃楼，波光粼粼又能坚持几天？当沙暴袭来的时候，最先干涸的正是泪水积聚的咸水湖。

爱怕假冒伪劣。真的爱也许不那么外表光滑，色彩艳丽，没有精致的包装，没有夸口的广告，但它有内在的质量保证。真爱并非不会发生短路与损伤，但是它有保修单，那是两颗心的承诺，写在天地间。

爱是一个有机整体，怕分割。好似钢化玻璃，据说坦克轧上也不会碎，可惜它的弱点是宁折不弯，脆不可裁。一旦破碎，就裂成了无数蚕豆大的渣滓，流淌一地，闪着凄楚的冷光，再也无法复原。

爱的脚力不健，怕远。距离会漂淡彼此相思的颜色，假如有可能，就靠得近一点，再近一点，直到水乳交融亲密无间。万万不要人为地以分离考验它的强度，那你也许后悔莫及。尽量地创造并肩携手天人合一的时光。

爱像仙人掌类的花朵，怕转瞬即逝。爱可以不朝朝暮暮，爱可以不卿卿我我，但爱要铁杵磨成针，恒远久长。

爱怕平分秋色。在爱的钢丝上不能学高空王子，不宜做危险动作。即使你摇摇晃晃，一时不曾跌落，也是偶然性在救你，任何一阵旋风，都可能使你飘然坠毁。最明智最保险的是赶快从高空回到平地，在泥土上留下深深脚印。

爱怕刻意求工。爱可以披头散发，爱可以荆钗布裙，爱可以粗茶淡饭，爱可以风餐露宿。只要一腔真情，爱就有了依傍。

爱的时候，眼珠近视散光，只爱看江山如画；耳是聋的，只爱听莺歌燕舞。爱让人片面，爱让人轻信。爱让人智商下降，爱让人一厢情愿。爱最怕的，是腐败。爱需要天天注入激情的活力，但又如深潭，波澜不惊。

说了爱的这许多毛病，爱岂不一无是处？

爱是世上最坚固的记忆金属，高温下不融化，冰冻不脆裂。造一架爱的航天飞机，你就可以驾驶着它，遨游九天。

爱是比天空和海洋更博大的宇宙，在那个独特的穹隆中，有着亿万颗爱的星斗，闪烁光芒。一粒小行星划下，就是爱的雨丝，缀起满天清光。

爱是神奇的化学试剂，能让苦难变得香甜，能让一分钟驻成永远，能让平凡的容颜貌若天仙，能让喃喃细语压过雷鸣电闪。

爱是孕育万物的草原。在这里，能生长出能力、勇气、智慧、才干、友谊、关怀……所有人间的美德和属于大自然的美丽天分，爱都会赠予你。

在生和死之间，是孤独的人生旅程。保有一份真爱，就是照耀人生得以温暖的灯。

成千上万的丈夫

有成千上万的男人，可能成为某个女人的好丈夫。

这句话，从一位做律师的女友嘴中，一字一顿地吐出时，坐在对面的我，几乎从椅子滑到地上。

别那么大惊小怪的。这话也可以反过来对男人说，有成千上万的女人，可以成为你们的好妻子。你知道我不是指人尽可夫的意思。教养和职业，都使我不会说出这类傻话。我是针对文学家常常在作品中鼓吹的那种"唯一"，才这样标新立异。女友侃侃而谈。

没有唯一。唯一是骗人的。你往周围看看，什么是唯一？太阳吗？宇宙有无数只太阳，比它大的，比它亮的，恒星无数。钻石吗？也许有一天我们会飞到一颗钻石组成的星球，连旱冰场都是钻石铺的。那种清澈透明的石块，原子结构很简单，更容易复制了。指纹吗？指纹也有相同的，虽说从理论上讲，几十亿上百亿人当中，才有这种可能性。好在我们找丈夫不是找罪犯，不必如此精确。世上的很多事情，过度精确，必然有害。伴侣基本是一个模糊数学问题，该马虎的时候一定要马虎。

有一句名言很害人，叫作：每一片绿叶都不相同。我相信在科学家的电子显微镜下，叶子间会有大区别，楚河汉界。但在一般人眼中，它们的确很相似。非要把基本相同的事物，看得大不相同，是神经过敏故弄玄虚。在森林里，如果戴上显微镜片，去看高大的乔木，除了满眼惨绿，头晕目眩，无法掌握树林的全貌。只得无功而返，也许还会迷失方向，连回家的路都找不到了。

婚姻是一般人的普通问题，不要人为地把它搞复杂。合适做你丈夫的人，绝非前无古人后无来者的异数。就像我们是早已存在的普通女人，那些普通的男人，也已安稳地在地球上生活很多年了。我们不单单是一个人，更是一种类型，就像喜欢吃饺子的人，多半也热爱包子和馅饼。科学早就证明，洋葱和胡萝卜脾气相投，一定会成为好朋友。大豆和蓖麻天生和平共处。玫瑰和百合种在一处，彼此都花朵繁茂，枝叶青翠。但甘蓝和芹菜相克，彼此势不两立。丁香和水仙花，更是水火不相容。郁金香干脆会置勿忘草于死地……如果你是玫瑰，只要清醒地坚定地寻找到百合种属中的一朵，你就基本获得了幸福。

当然了，某一类人的绝对数目虽然不少，但地球很大，人又都在走来走去，我们能否在特定的时辰，遇到特定的适宜伴侣，也并不是太乐观的事。

相信唯一，你就注定在茫茫人海东跌西撞寻寻觅觅，如同一叶扁舟想捕获一条不知潜在何处的鳟鱼，等待你的是无数焦渴的黎明和失眠的月夜。

抱着拥有唯一的愿望不放，常常使女人生出组装男友和丈夫的念头。相貌是非常重要的筹码，自然列在前茅。再加上这一个学历高，那一个家庭好，另一个脾气柔雅，还一个事业有成……女人恨不能将男人分解，剁下各自最优异的部分，由女人纤纤素手用以上零件，黏合成一个美轮美奂的新男人，该是多么美妙！

只可惜宇宙浩渺，到哪里寻找这样的胶水！

这种表面美好的幻想核心，是一团虚妄的灰雾在作祟。婚姻中自然天成的唯一佳侣，几乎是不存在的。许多婚礼上，我们以为天造地设的婚姻，夭折得如同闪电。真正的金婚银婚，多是历久弥新的磨合与默契。

女人不要把一生的幸福，寄托在婚前对男性千锤百炼的挑拣中，以为选择就是一切。对了就万事大吉，错了就一败涂地。选择只是一次决定的机会，当然对了比错了好。但正确的选择只是良好的开端，即使航向对头，我们依然还会遭遇风暴。淡水没了，船橹漂走，风帆折了……种种危难如同暗礁，潜伏航道，随时可能颠覆小船。选择错了，不过是输了第一局。开局不利，当然令人懊恼，然而赛季还长，你可整装待发，蓄芳来年。只要赢得最终胜利，终是好棋手。

在我们人生旅途中，不得不常常进入出售败绩的商场。那里不由分说地把用华丽外衣包装的痛苦，强售给我们。这沉重惨痛的包袱，使人沮丧。于是出了店门，很多人动用遗忘之手，以最快速度把痛苦丢弃了。这是情绪的自我保护，无可厚非。但很可惜，买椟还珠，得不偿失。付出的是生命的金币，收获的只是垃圾。如果我们能够忍受住心灵的煎熬，细致地打开一层层包装，就会在痛苦的核心里，找到失败随机赠送的珍贵礼品——千金难买的经验和感悟。

如果执着地相信唯一，在苦苦寻找之后一无所获，或是得而复失，懊恼不已，你就拿到了一本储蓄痛苦的零存整取存单，随时都有些进账可以添到收入一栏里记载了。当它积攒到一笔相当大的数目，在某个枯寂的晚上，一股脑儿挤提出来，或许可以置你于死地。

即使选择非常幸运地与唯一靠得很近，也不可放任自流。唯一不是终生的平安保险单，而是需要养护需要滋润需要施肥需要精心呵护的鲜活生物。没有比婚姻这种小动物，更需要营养和清洁的维生素了。就像没有永远的敌人一样，也没有永远的爱人。爱人每一天都随新的太阳一同升起。越是情调丰富的爱情，越是易馊，好比鲜美的肉汤如果不天天烧开，便很快会滋生杂菌以至腐败。

不要相信唯一。世上没有唯一的行当，只要勤劳敬业，有千千万万的职业适宜我们经营。世上没有唯一的恩人，只要善待他人，就有温暖的手在危难时接应。世上没有唯一的机遇，只要做好准备，希望就会顽强地闪光。世上没有唯一只能成为你的妻子或丈夫的人，只要有自知之明，找到适合你的类型，天长地久真诚相爱，就会体验相伴的幸福。

女友讲完了，沉思袅袅地笼罩着我们。我说，你的很多话让我茅塞顿开。但是……

但是……什么呢？直说好了。女友是个爽快人。

我说，是否因工作和爱人都不是你的唯一，所以才这般决绝？不管你怎样说，我依然相信世界上存在着"唯一"这种概率。如同玉石，并不能因为我们自己不曾拥有，就否认它的宝贵。

女友笑了，说，一种概率若是稀少到近乎零的地步，我们何必抓住苦苦不放？世上有多少婚姻的苦难，是因追求缥缈的"唯一"而发生啊！对我们普通的男人和女人来说，抵制唯一，也许是通往快乐的小径。

在一堂心理学课程上，老师对女同学说，我们来做一个试验，请大家选择一个你认为最舒适的位置坐好，然后闭上眼睛，听我说……

在老师特殊的语言诱导和自我的呼吸放松过程中，女人们渐渐进入一种极度松弛和冥想的状态。按照老师的每一道指示，沉浸在半是遐想半是幻觉的境况。那是一种奇异的体验，在思维飘逸中又保持了羽毛般细腻的注意力，身体的每一部分既仿佛被意志高度把持，又如边界模糊云空朦胧的雾海。

老师说，观察你自己的身体，感觉她每一部分的美好……然后深呼吸，体验血液在全身流通的温暖和欢畅，你的手指尖，你的脚心，你的每一寸肌肤，你的每一根发梢……感觉到热了吗？好……你渐渐地蜕去你女性的特征，变成一个男人……你的上肢，你的下肢，你的腹部……哦，如果你不愿意变，就不变吧……好，你已经变成一个男人了……打量你新的身体，从上到下，慢慢地抚摸他……你欣赏他吗？你喜爱他吗？……你是一个男人了，现在你要怎样呢？你走出家门……你行进在大街上，你同人家讲话，你的嗓音如何呢？……你看自己身边的女人，你的目光是怎样呢？……你以父亲的身份亲吻自己的孩子……

四周初起是渐强渐弱的呼吸，然后趋于宁静，最后是死一样的沉寂。

待试验整体结束，大家遵照老师的指示，缓缓回到现实的真实环境中后，老师问，你们刚才在遐想中改变了一回自己的性别，有些什么特别的感触呢？

有大约三分之一的女性说，她们原来就不喜欢变成男人，这样在变的过程中，变着变着就变不下去了，怎么也蜕不掉自己的女儿身，于是她们就决定不变了，安安稳稳做女人。应了广告上的一句话——做女人挺好。

还有大约三分之一的女性说，她们在思想和情绪上，还是觉得做男人好，但在具体想象的过程中，不知如何处置自己的身体。比如说变成男人后的身材，是像施瓦辛格那样肌肉累累，还是如同冷峻的男模特瘦骨嶙峋？尤其是将要抚平自己身体的曲线，脱去茂密的长发，生出毛茸茸的胡须那一步时，进展艰难。到达消失掉女性的第一性征，萌动男性的第一性征关头，更是遭遇到了毁灭般的困难。直弄得变也不是，不变也不是，停在蜕变的中途，好似一只从壳中钻出一半身体的知了猴，既没有长出纱羽般的翅膀，也无法重新钻回泥里蛰伏，僵持在那里，痛苦不堪。可见做男人不是一个抽象的问题，倘若无法在生理上接受一个男性的结构，其他一切，岂不罔谈？

还有三分之一变性意志坚定的女性，虽然甚为艰巨，还是比较顽强地驱动自己的身体变成男性（据统计资料，有34％的女性不喜欢自己的性别，假如有来生，可以自由选择性别的话，她们表示，坚决变成一个男人）。她们在想象中的明亮的大镜子前，匆忙端详了一下自己的身体，就急急忙忙地穿上衣服。她们并不是为了欣赏男性的身体而变成男性，她们有更重要的事情要做。要出门，当然要有相应的行头。女人们为变成男性的自己挑选什么样的衣服，是一个很有趣的问题。在日常生活中，这些女性为自己的男友或是丈夫择衣时，除了式样质地色泽以外，会注意顾及衣服的价位，也就是说，她们考虑问题是很实际的。但在想象中为男性的自己挑选衣物的时候，她们（现在要称他们了）都出手阔绰，毫不犹豫地买了名牌西装，为自己配了车，然后意气风发地走向商场、政界，成为焦点人物……当回复现实的女儿身时，她们一下子萎靡了。

真是一堂有意思有意义的课。从以上变与不变的讨论中，是否可以得出这样一个结论，女性希冀改变自己性别的愿望，并不纯是生理上对男性形体的渴慕，而更多更重要的是——想得到男性的社会地位、成功形象、财富和权柄，变性只是一个理想价值实现的变形的象征。

把复杂的愿望伪装成一个天然的性别问题，且无法由个人努力而企及只有寄予虚无缥缈的来世，我们从中读出女性沉重的悲哀和无奈，也与社会的偏见和文化的挤压密不可分。

男性和女性在生理构造上是有不同的，主要集中在生殖系统上，这是不争的事实。生理构造的不同，可以带来行为方式上的不同，比如鸭子和鸡，前者因为掌上有蹼，羽毛的根部有奇特的皮脂腺分泌，能在水中遨游。后者就不成，落入水中，就变成了落汤鸡，有生命危险。但男性和女性，即使在生理构造上，也是相同大于不同——比如我们有同样的手指同样的眼，同样的关节同样的脚，同样的肠胃同样的牙，同样的大脑同样的心。

男女之间的差别，说到底，力量不同是个极重要的原因。在人类文明的曙光时期，天地苍莽，万物奔驰，体力是一个人的筹码。在极端恶劣的生存与环境的抗争中，追逐野兽，猎杀飞禽，攀缘与奔跑……男性们占了肌肉和骨骼所给予的先天之利，根据义务与权利相统一的公平原则，他们因此得到了更多的权力和利益。跟随文明进程的语言和文化，将这些远古时流传下来的习气，凝固下来，弥漫开去，渗透到各个领域，成了铁的戒律。久而久之，不但男人相信它，女人也相信它。男人认为自己是天造地设的"强者"，女人认为自己是永远的"弱者"。

随着现代文明的进展，男女在体力上的差异，越来越不分明了。操纵机器用按钮，甚至在一场核武器的大战中，导弹和原子弹的发射，也只是弹指之间的事情，男人做得，女人也做得。因特网上，如果不真实地自报家门，谁也猜不出谈话的那一端是男是女。

最初奠定男女差异的物质基础已经动摇，渐趋消亡，但是建筑在它之上的陈旧的性别符号，却霸道地顽固地统治着我们的各个领域。

男女两性的真正平等，不是单纯地向男人世界挑战，也不是一味地向女人世界靠拢，而是在男女两性平等协商，相互沟通，既重视区别又强调统一的大前提下，建立一种新的体系，一个"中性"的价值框架。

它以人性中那些最光明仁慈的特质，来统率我们的思维和道德标准，博大宽容，善良温厚，新颖智慧，坚定勇敢。它以我们共同具有的勤劳的双手和睿智的大脑，把这颗蔚蓝色的星球，建设得更适宜人类居住和思索，造就一方男女两性共享的宇宙乐园。

　　当我们为自己的母亲，为自己的姐妹，为我们自己，问这个问题的时候，我们先要说明什么是女人的享受？

　　我们所说的享受，不是一掷千金的挥霍，不是灯红酒绿的奢侈，不是喝三吆四的排场，不是颐指气使的骄横……

　　我们所说的享受，不是珠光宝气的华贵，不是绫罗绸缎的柔美，不是周游列国的潇洒，不是管弦丝竹的飘逸……

　　我们所说的享受，只不过是在厨房里，单独为自己做一样爱吃的菜。在商场里，专门为自己买一件心爱的礼物。在公园里，和儿时的好朋友无拘无束地聊聊天，不用频频地看表，顾及家人的晚饭和晾出去还未收回的衣衫。在剧院里，看一出自己喜欢的喜剧或电影，不必惦念任何人的阴晴冷暖……

我们说的女人的享受，只是那些属于正常人的最基本的生活乐趣。只因无数的女人已经在劳累中将自己忘记。

女人何尝不希冀享受啊？

抱着婴儿，煮着牛奶，洗着衣物，女人用沾满肥皂的手抹抹头上的汗水说，现在孩子还小，等孩子长大了，我就可以好好享受享受了……

孩子渐渐地大了，要上幼儿园。女人挽着孩子，买菜做饭，还要在工作上做得出色，女人忙得昏天黑地，忘记了日月星辰。

不要紧，等孩子上了学就好了，松口气，就能享受了……女人们说，她们不知道皱纹已爬上脸庞。

孩子终于开始读书了，女人陷入了更大的忙碌之中。

要把自己的孩子培育成一个优秀的人。女人们这样想着，陀螺似的转动在单位、家、学校、自由市场和各种各样的儿童培训班里……孩子和丈夫是庞大的银河系，女人是行星。

白发似一根根银丝，从空气中悄然落下，留在女人疲倦的额头。

我什么时候才能无牵无挂地享受一下呢？

在没有月亮的夜晚，女人吃力地伸展自己酸痛的筋骨，这样问自己。

哦，坚持住。就会好的，等到孩子大了，上了大学，或有了工作，一切就会好的。到那个时候，我就可以好好地享受一下了……

女人这样对自己允诺。

她就在梦中微笑了。

时间抽走女人的美貌和力量，用皱纹和迟钝充填留下的黑洞。

孩子大了，飞出鸽巢。仅剩旧日的羽毛与母亲做伴。

女人叹息着，现在，她终于有时间享受一下了。

可惜她的牙齿已经松动，无法嚼碎坚果。她的眼睛已经昏花，再也分不清美丽的颜色。她的耳鼓已经朦胧，辨不明悦耳音响的差别。她的双腿已经老迈，再也登不上高耸的山峰……

出去的孩子又回来了，他带回一个更小的孩子。

于是女人恍惚觉得时光倒流了，她又开始无尽地操劳……

那个更幼小的孩子开始牙牙学语了，只是他叫的不是"妈妈"，而是"奶奶"……

女人就这样老了，终于有一天，她再也不需要任何享受了。

在最后的时光里，她想到了，在很久很久以前，她对自己有过一个许诺——在春天的日子里，扎上一条红纱巾，到野外的绿草地上，静静地晒太阳，听蚂蚁在石子上行走的声音……

那真是一种享受啊。

女人说着，就永远地睡去了。

原谅我描述了这样一幅女人享受的图画，忧郁而凄凉。

因为我觉得无数的女人，在慷慨大度地向人间倾泻爱的时候，她们太不爱一个人了——那就是她们自己。

女人们，给自己留一点享受的时间和空间吧。不要一拖再拖，不要一等再等。

就从现在开始，就从今天开始。

不要把盘子里所有的肉，都夹到孩子的嘴边。不要把家中所有的钱，都用来装扮房间和丈夫。不要把所有的精力，都投入工作。不要在计划节日送礼物的名单上，独独遗下自己的名字……

善良的女人们，请从这一分钟开始，享受生活。

素面朝天。

我在白纸上郑重写下这个题目。夫走过来说，你是要将一碗白皮面，对着天空吗？

我说有一位虢国夫人，就是杨贵妃的姐姐，她自恃美丽，见了唐明皇也不化妆，所以叫……

夫笑了，说，我知道，可是你并不美丽。

是的，我不美丽。但素面朝天并不是美丽女人的专利，而是所有女人都可以选择的一种生存方式。

看看我们周围。每一棵树、每一叶草、每一朵花，都不化妆。面对骄阳、面对暴雨、面对风雪，它们都本色而自然。它们会衰老和凋零，但衰老和凋零也是一种真实。作为万物灵长的人类，为何要将自己隐藏在脂粉和油彩的后面？

见一位化过妆的女友洗面，红的水黑的水蜿蜒而下，仿佛洪水冲刷过水土流失的山峦。那个真实

133

的她，像在蛋壳里窒息得过久的鸡雏，渐渐苏醒过来。我觉得这个眉目清晰的女人，才是我真正的朋友。片刻前被颜色包裹的那个形象，是一个虚伪的陌生人。

脸，是我们与生俱来的证件。我的父母，凭着它辨认出一脉血缘的延续；我的丈夫，凭着它在茫茫人海中将我找寻；我的儿子，凭着它第一次铭记住了自己的母亲……每张脸，都是一本生命的图谱。连脸都不愿公开的人，便像捏着一份涂改过的证件，有了太多的秘密。

所有的秘密都是有重量的。背着化过妆的脸走路的女人，便多了劳累，多了忧虑。

化妆可以使人年轻，无数广告喋喋不休地告诫我们。我认识的一位女郎，盛妆出行，艳丽得如同一组霓虹灯。一次半夜里我为她传一个电话，门开的一瞬间，我惊愕不止。惨亮的灯光下，她枯黄憔悴如同一册古老的线装书。"我不能不化妆。"她后来告诉我。"化妆如同吸烟，是有瘾的。我已经没有勇气面对不化妆的我。化妆最先是为了欺人，之后就成了自欺，我真羡慕你啊！"从此我对她充满同情。

我们都会衰老。我镇定地注视着我的年纪，犹如眺望远方一副渐渐逼近的白帆。为什么要掩饰这个现实呢？掩饰不单是徒劳，首先是一种软弱。自信并不与年龄成反比，就像自信并不与美丽成正比。勇气不是储存在脸庞里，而是掌握在自己手中。化妆品不过是一些高分子的化合物、一些水果的汁液和一些动物的油脂，它们同人类的自信与果敢实在是不相干的东西。犹如大厦需要钢筋铁骨来支撑，而绝非几根华而不实的竹竿。

常常觉得化了妆的女人犯了买椟还珠的错误。请看我的眼睛！浓墨勾勒的眼线在说。但栅栏似的假睫毛圈住的眼波，却暗淡犹疑。请注意我的口唇！樱桃红的唇膏在呼吁。但轮廓鲜明的唇内吐出的话语，却肤浅苍白……化妆以醒目的色彩强调以致强迫人们注意的部位，却往往是最软弱的所在。

磨砺内心比油饰外表要难得多，犹如水晶与玻璃的区别。

不拥有美丽的女人，并非也不拥有自信。美丽是一种天赋，自信却像树苗一样，可以播种可以培植可以蔚然成林可以直到地老天荒。

我相信不化妆的微笑更纯洁而美好，我相信不化妆的目光更坦率而真诚，我相信不化妆的女人更有勇气直面人生。

假若不是为了工作，假若不是出于礼仪，我这一生，将永不化妆。

那天，一位姑娘走进我的心理诊室，文文静静地坐下了。她的登记表上咨询缘由一栏，空无一字。也就是说，她不想留下任何信息表明自己的困境。

我打量着她。衣着黯淡却不失时髦，看得出价格不菲。脸色不好，但在精心粉饰之下，有一种凄清的美丽。眉头紧蹙，言语虽是缓缓的，却如同细碎的弹片四下迸射。

"我得了乳腺癌，你想不到吧？不但你想不到，我也想不到。直到我躺在手术台上，刀子滑进我胸前皮肤的时候，我还是根本不相信这个诊断。我想，做完了手术，医生们就会宣布这是一个天大的误会。病理检验确认了癌症，我彻底垮了。化疗，头发被连根拔起。刀疤横劈，我知道我的生活发生了毁灭性的改变。我原是辆红色的小火车，有名利有地位有钱有高学历，拉着汽笛风驰电掣隆隆向前，人们都羡慕地看着我。现在，火车脱轨了，颠覆了，零件瘫落一地……"

"我辞了外企的高薪工作，目前在家休养。我想，我的生命很有限了，我要用这有限的生命来做三件事情。第一件，以我余生的所有时间来恨我的母亲……"

无论我怎样克制着自己的情绪，还是不由自主地把震惊之色写满一脸。重病之时，正是期待家人支持的关键时刻，怎能如此决绝地痛恨母亲呢？

她看出了我的大惑，说："我的母亲是一个医生，在得知我得了病以后，她没有给过我任何关于保乳治疗的建议，总是督促我赶快接受手术。我一个外行人，不知道还有保存乳房治疗乳腺癌的方法，可她是一个医生啊，为什么不替她唯一的女儿多多考虑一番，就让那残忍的一刀切下来了呢？所以我咬牙切齿地恨她。"

"我要做的第二件事是死死绑住一个男人。这个男人有家室，以前我们是情人关系，常在一起度周末，彼此愉悦。我知道这不符合毕老师您这一代人的道德标准，但对我来说是无所谓的事情。我从来没有要求他承诺什么，也不想拆散他的家庭，因为那时我还有对人生和幸福的通盘设计，和他交往不过是权宜之计。可是，如今情况大不同了，我已经失去了一只乳房，不再完整。我无法把残缺的身体展现在另外的男人面前，这个情人是见证过完整的我的最后一个男人了。我要他离婚娶我。如果他不同意，我就把他和我的关系公布于众。他是有身份好脸面的人，不敢惹翻我，我会继续逼他……"

"我要做的第三件事是拼命买昂贵的首饰。只有这些金光闪闪晶莹剔透美轮美奂的小物件，才能挽留住我的脚步。我常常沉浸在死亡的想象之中，找不到生存的意义。我平均每两周就有一次自杀的冲动，唯有想到这些精美的首饰，在我死后，不知要流落到什么样的人手里，才会生出一缕对生的眷恋。项圈套住了我的性命，耳环锁起我对人间最后的温情……"

她不停地说着，漠然而坦率。我的心随之颤抖，看出了这镇定之下的苦苦挣扎。后来她又向我摊开了所有的医疗文件，她的乳腺癌并非晚期，目前所有的检查结果也都很正常。

我确信她的生命受到了严重的威胁，但这不是来自那个被病理切片证实了的生理的癌症，而是她在癌症击打之下被粉碎了的自信和尊严。癌症本身并非不治之症，癌症之后的忧郁和愤怒，无奈和恐惧，孤独和放弃，锁闭和沉沦……才是最危险的杀手。

后来她接受了多次的心理咨询，并且口服了抗抑郁的药物。在双重治疗之下，她一天天坚强起来。她不再怨怼母亲，因为不是母亲让她得了癌症。尽管也许母亲没有尽到最好的参谋作用，但身患病痛是自己的事情，不必怨天尤人。她已长大，只能独立面对命运的残酷挑战并负起英勇还击的责任，而不是像个小妞妞赖妈妈没有把自己照顾好。她意识到虽然切除了一侧乳房，但她依然是完整的女人，依然有权利昂然追求自己的幸福。哪个男人能坦然地接受她，珍惜她，这才是爱情的坚实基础。建立在要挟和控制之上的情人关系，只能是一出浩大悲剧的幕布。至于美丽的首饰嘛，她说，我想自己留下一部分，然后把一些送给朋友们。我还是很喜爱金光闪闪和玲珑剔透的小物件，但我不必把它们像铁锚一样紧紧地抓在手里，生怕一松手遗失了它们就等于丢掉了自己的性命……

疗程结束走出诊室的时候，她说，毕老师，我就不和您说再见了，因为我不想再见到您。这不等于说我不感谢您，今后的某一天，也许您的耳朵根子会突然发热，那就是我在远方深情地呼唤着您。我不见您，是相信我自己有能力对付癌症，不论是身体的癌症还是心理上的癌症，只要精神不屈，它们就会败退。

我微笑着和她道别，但愿自己永远不再见到她。但有时，会冷不丁想起这美丽的姑娘，最近还好吗？

朋友，当我看你的信的时候，是一个阴雨绵绵的早上。我仿佛听到你在远处悠长的叹息。我认识很多这样的女人，青春已永远驶离她们的驿站，只把白帆悬挂在她们肩头。在辛劳了一辈子之后，突然发现整个世界已不再需要自己。她们坠入空前的大失落，甚至怀疑自己生存的意义。

女人，你究竟为谁生活？

当我们幼小的时候，我们是为父母而活着的。我们亲昵的呼唤，我们乖巧的举动，我们帮母亲刷锅洗碗，我们优异的成绩给父亲带来欣喜……女孩以为这就是生存的意义。

当我们青春的时候，我们是为工作和知识而活着。我们读书，我们学习，我们在自己的岗位上努力地工作着，我们获得各式各样的奖状……女人以为这就是生存的意义。

当我们和自己的另一半结合在一个屋檐下的时候，我们以为太阳会在每一个早上升起，风暴会被幸福隔绝在遥远的天际。我们以丈夫的事业为自己的事业，无私地贡献出自己的一切。遵循美德，妻子以为这就是生存的意义。

当我们有了自己的孩子以后，我们视孩子胜过自己的生命，在母亲和孩子的冲突中，女人是永远的弱者。在干渴中，只要有一口水，母亲一定会把它喂给孩子。在风寒中，只要有一件衣，母亲一定会披在孩子的身上……母亲以为孩子就是自己生存的意义。

终于，丈夫先我们而去，孩子已展翅飞翔。岗位上已有了更年轻的脸庞，整个世界已把我们遗忘。

这个时候，不管你有没有勇气问自己，你都必须重新回答：为谁而生存？

丈夫、孩子、事业……这些沉甸甸的谷穗里，都有女人的汗水，但它们毕竟不是女人自身。女人是属于自己的，暮年的女人，像秋天的一株白杨，抖去纷繁的绿叶，露出树干上智慧的眼睛，独自探索生命的意义。

生命对于每个人，都是上苍只有一次的馈赠。女人要格外珍惜生存的机遇，因为她们的一生有更多艰难。我们是为了自己而生活着，不是为其他的任何人。尽管我们曾经如此亲密，尽管我们说过不分离。但生命是单独的个体，无论怎样血肉交融，我们必须独自面对世界的风雨。

女人要学会播种，即使是在一个没有收获的季节。女人太习惯以谷穗衡量是否丰收，殊不知有时播种就是一切。开心的钥匙不是挂在山崖上，而是挂在我们伸手可及的地方。

只要你感到是为自己而生活，世界也许就会在眼中变一个样子。写文章，为什么一定要发表？自己对自己倾诉，会使心灵平和。练书法，为什么一定要展览？凝神屏气地书写，就是与天地古今的交融。教学生，为什么一定要到学校？做善事，为什么一定要别人知晓？

生命是朴素的，它让女人领略了旖旎的风光之后，回归到原始的平静。在这种对生命本质的探讨中，女人更深刻地认识自身的价值。

在生命所有的季节播种，喜悦存在于劳动的过程中。

在咨询室米黄色的沙发上，安坐着一位美丽的女性。她上身穿着宝蓝绸衣，衣襟上一枚鹅黄水晶的水仙花状胸针熠熠发亮。下着一条乳白色的宽松长裤，有一种古典花香一般的恬静弥散出来。服饰反射着心灵的波光，常常从来访者的衣着中就窥到她内心的律动。但对这位女性，我着实有些摸不着头脑。她似乎是很能控制自己的情绪，安宁而胸有成竹，但眼神中有些很激烈的精神碎屑在闪烁。她为何而来？

您一定想不出我有什么问题。她轻轻地开了口。

我点点头。是的，我猜不出。心理医生是人不是神。我耐心地等待着她。我相信她来到我这儿，不是为了给我出个谜语来玩。

她看我不搭话，就接着说下去。我心理挺正常的，说真的，我周围的人有了思想问题都找我呢！

大伙儿都说我是半个心理医生。我看过很多心理学的书，对自己也有了解。

她说到这儿，很注意地看着我，我点点头，表示相信她所说的一切。是的，我知道有很多这样的年轻人，他们渴望了解自己也愿意帮助别人。但心理医生要经过严格的系统的训练，并非只是看书就可以达到水准的。

我知道我基本上算是一个正常人，在某些人的眼中，我简直就是成功者。有一份薪水很高的工作，有一个爱我，我也爱他的老公，还有房子和车。基本上也算是快活，可是，我不满足。我有一个问题——就是怎样才能做到外柔内刚？

我说，我看出你很苦恼，期望着改变。能把你的情况说得更详尽一些吗？有时，具体就是深入，细节就是症结。

宝蓝绸衣女子说，我读过很多时尚杂志，知道怎样颔首微笑怎样举手投足。您看我这举止打扮，是不是很淑女？我说，是啊。

宝蓝绸衣女子说，可是这只是我的假象。在我的内心，涌动着激烈的怒火。我看到办公室内的尔虞我诈，先是极力地隐忍。我想，我要用自己的善良和大度感染大家，用自己的微笑消弭裂痕。刚开始我收到了一定的成效，大家都说我是办公室的一缕春风。可惜时间长了，春风先是变成了秋风，后来干脆成了西北风。我再也保持不了淑女的风范，开业务会，我会因为不同意见而勃然大怒，对我看不惯的人和事猛烈攻击，有的时候还会把矛头直接指向我的顶头上司，甚至直接顶撞老板。出外办事也是一样，人家都以为我是一个弱女子，但没想到我一出口，就像子弹上了膛的机关枪，横扫一气。如果我始终是这样也就罢了，干脆永远的怒目金刚也不失为一种风格。但是，每次发过脾气之后，我都会飞快地进入后悔的阶段，我仿佛被鬼魂附体，在那个特定的时辰就不是我了，而是另一个披着我的淑女之皮的人。我不喜欢她，可她又确确实实是我的一部分。

看得出这番叙述让她堕入了苦恼的渊薮，眼圈都红了。我递给她一张面巾纸，她把柔柔的纸平铺在脸上，并不像常人那般上下一通揩擦，而是很细致地在眼圈和面颊上按了按，怕毁了自己精致的妆容。待她恢复平静后，我说，那么你理想中的外柔内刚是怎样的呢？

宝蓝绸衣女子一下子活泼起来，说我给您讲个故事吧。那时我在国外，看到一家饭店冤枉了一位印度女子，明明道理在她这边，可饭店就是诬她偷拿了某个贵重的台灯，要罚她的款。大庭广众之下，众目睽睽的，非常尴尬。要是我，哼，必得据理力争，大吵大闹，逼他们拿出证据，否则决不甘休。那位女子身着艳丽的纱丽，长发披肩，不瘟不火，在整个两个小时的征伐中，脸上始终挂着温婉的笑容，但是在原则问题上却是丝毫不让。面对咄咄逼人的饭店侍卫的围攻，她不急不恼，连语音的分贝都没有丝毫的提高，她不曾从自己的立场上退让一分，也没有一个小动作丧失了风范，头发丝的每一次拂动都合乎礼仪。

那种表面上水波不兴骨子里铮铮作响的风度，真是太有魅力啦！

宝蓝绸衣女子的眼神充满了神往。

我说，我明白你的意思了，你很想具备这种收放自如的本领。该硬的时候坚如磐石。该软的时候绵若无骨。

她说，正是。我想了很多办法，真可谓煞费苦心，可我还是做不到。最多只能做到外表看起来好像很镇静，其实内心躁动不安。

我说，当你有了什么不满意的时候，是不是很爱压抑着自己？宝蓝绸衣女子说，那当然了。什么叫老练，什么叫城府，指的就是这些啊。人小的时候天天盼着长大，长大的标准是什么？这不就是长大嘛！人小的时候，高兴啊懊恼啊，都写在脸上，这就是幼稚，是缺乏社会经验。当我们一天天成长起来，就学会了察言观色，学会了人前只说三分话，未可全抛一片心。风行社会的礼仪礼貌，更是把人包裹起来。我就是按着这个框子修炼的，可到了后来，我天天压抑着自己的真实情感，变成一个面具。

我说，你说的这种苦恼我也深深地体验过。在阐述自己观点的时候，在和别人争辩的时候，当被领导误解的时候，当自己一番好意却被当成驴肝肺的时候，往往就火冒三丈，也顾不得平日克制而出的彬彬有礼了，也记不得保持风范了，一下子义愤填膺，嗓门也大了，脸也红了。

听我这么一说，宝蓝绸衣女子笑起来说，原来世上也有同病相怜的人，我一下子心里好过了许多。只是后来您改变了吗？

我说，我尝试着改变。情绪是一点一滴积累起来的，我不再认为隐藏自己真实的感受，是一项值得夸赞的本领。当然了，成人不能像小孩子那样，把所有的喜怒哀乐都写在脸上，但我们的真实感受是我们到底是一个怎样的人的组成部分。如果我们爱自己，承认自己是有价值的，我们就有勇气接纳自己的真实情感，而不是笼统地把它们隐藏起来。一个小孩子是不懂得掩饰自己的内心的，所以有个褒义词叫作"赤子之心"。当人渐渐长大，在社会化的过程中，学会了把一部分情感埋在心中。在成长的同时，也不幸失去了和内心的接触。时间长了，有的人以为凡是表达情感就是软弱，要把情感隐蔽起来，这实在是人的一个悲剧。

我们的情感，很多时候是由我们的价值观和本能综合形成的。压抑情感就是压抑了我们心底的呼声。中国古代就知道，治水不能"堵"，只能疏导。对情绪也是一样，单纯的遮蔽只能让情绪在暗处像野火的灰烬一样，无声地蔓延，在一个意想不到的地方猛地蹿出凶猛的火苗。这个道理想通之后，我开始尊重自己的情绪，如果我发觉自己生气了，我不再单纯地否认自己的怒气，不再认为发怒是一件不体面的事情，也不再竭力用其他的事件分散自己的注意力。因为发自内心的愤怒在未被释放的情况下，是不会像露水一样无声无息地渗透到地下销声匿迹，它们潜伏在我们心灵的一角，悄悄地发酵，膨胀着自己的体积，积攒着自己的能量。如果我发觉自己生气了，就会很重视内心感受，我会问自己，我为什么而生气？找到原因之后，我会认真地对待自己的情绪，找到疏导和释放的最好方法，再不让它们有长大的机会。

举个小例子，有一段时间我一听到东北人说话的声音心中就烦，经常和东北人发生摩擦，不单在单位里，就是在公共汽车上或是商场里，也会和东北籍的乘客或是售货员争吵。终于有一天，我决定清扫自己这种恶劣的情绪。我挖开自己记忆的坟墓，抖出往事的尸骸。那还是我在西藏当兵的时候，一个东北人莫名其妙地把我骂了一顿，反驳的话就堵在我的喉咙口，但一想到自己是个小女兵，他是老兵，我该尊重和服从，吵架是很幼稚而不体面的表现，就硬憋着一言不发。那愤怒累积着，在几十年中变成了不可理喻的仇恨，后来竟到了只要听到东北口音就过敏反感，非要吵闹才可平息心中的阻塞，造成了很多不必要的误会。

我把我的故事对宝蓝绸衣女子讲完了，她说，哦，我有了一些启发。外柔内刚的柔只是表象，只是技术，单纯地学习淑女风范，可以解决一时，却不能保证永远。这种皮毛的技巧，弄巧成拙也许会使积聚的情绪无法宣泄，引起某种场合的失控。外柔需要内刚做基础，而内刚不是从天上掉下来的，是靠自我的不断探索。

我说你讲得真好，咱们都要继续修炼，当我们内心平和而坚定的时候，再有了一定表达的技巧，就可以外柔内刚了。

　　我不认为幸福与科学有什么成比例的关系。也就是说，它们分属于两个系统。一个是情感的范畴，属于精神的领域。一个是物质的范畴，属于无生命的领域（这样划分不严谨，对生命科学有点不敬，请原谅。我说的生命指的是变幻万千的活体感觉）。在科学产生之前很久，幸福就存在于我们的感知之中。后来科学出现了，但幸福感并没有出现相应的增长，它们是两股道上跑的车，虽然有的时候，轨道会发生小小的交叉。

　　我相信在原始人那里，远在科学的胚胎还裹于子夜的黑暗襁褓之中，幸福就顽强地莅临刀耕火种的山洞。证据之一就是那个时候的人，快乐地唱歌和跳舞，还创造出玄妙的神话和精美的文字。你不能说在通红的篝火旁手舞足蹈的那些裸人，不知道什么是幸福。如果谁硬要这么说，以为只有现代人方知晓和能够享受幸福，因而看不起我们的祖先，那倘若不是出于无知，就是赤裸的现代沙文主义。

在某种物质十分匮乏的时候，当它一旦出现，可能会在短暂的时间内帮助引发幸福的感觉。比如，一名男子十分思念热恋中的女友，如果在古代，他只有骑上一匹马，在草原上驰骋三天三夜，才能一睹女友的芳颜，当他看到女友眸子的那一瞬，我相信荡漾在他内心的感觉，就是幸福。如今，当同样的思念袭来的时候，他可以买上一张机票，两个小时之后就平安到达上海，当看到女友眸子的那一瞬，我相信他的幸福感同样强烈和震撼。

我们可以简单地说，飞机是和科学有重要关联的物件。因此，好像科学帮助了幸福。但接下来的问题是，这种幸福感是来源于马匹还是飞机？是草原上的风抑或是空中的白云？我想，可能众说纷纭。即便问当事人，也会有不同的答案。会有人说，幸福当然与马匹和飞机有关了。如果没有马匹和飞机，这对相爱的恋人如何聚到一起？从马匹到飞机，这就是科技的进步和力量，使幸福的感觉提前出现，并变得比以前要省事容易。

我不同意这种意见。理由很简单，马匹和飞机只是这个人通往幸福的工具，而非幸福的理由和必然。在那架飞机上有很多乘客，有的人是例行公事，有的人还可能是奔丧。幸福和飞机的翅膀无关，只和当事人的心情有关。幸福是一种心灵深层的感觉，在最初的温饱和生殖的快感解决之后，它主要来源于人的精神体系的满足。

我知道我的观点可能会遭到很多人的质疑。比如有人会说，当你患病的时候，突然有了特效的药品，难道你和你的亲人不浮现出幸福的感觉吗？这死里逃生的光芒难道不是直接来源于科学的太阳吗？

我当过很多年的医生，我知道科技的进步对生命的延续是怎样的重要和宝贵。但生命延续的本身，并不一定达至幸福的彼岸。生命只是幸福感得以附丽的温床，生命本身是一个中性的存在。它是既可以涂写痛苦也可以泼洒快乐的一幅白绢。当病人和他的家属为某种特效药喜极而泣的时候，那种幸福的感觉主要源自骨肉间的深情。如果没有这种生死相依的情感，任何药物都无法发动快乐和幸福的过山车。

科学使粮食的产量增高，但这个世界上依然有吃不饱的穷人。既然引发贫困的源头不是科学，那么由贫穷所导致的痛苦，也不是科学的创可贴所能抚平的。科学使交通工具的速度更快，人们可以更迅捷地从甲地到乙地。但时间的缩短和幸福的产出，并不呈正相关。君不见朝夕相处近在咫尺的夫妻，往往并不充溢幸福，而是满怀深仇？科学使人类升上太空，得以了解遥远的宇宙发生的变化。但我看到一位宇航员的回忆录说，他在太空中最深刻的想念是——回到地球。科学发现了原子能巨大的力量，但核武器的堆积，把人类推到了亘古未有的悬祸之中。科学延长了老年人的生命，但如果没有亲情的滋润和生存的尊严，这份延长的时间便与幸福毫不相干。

科学提供了产生幸福的新的机遇，但科学并不导致幸福的必然出现。我看到国外的一份心理学家的报告，说在地铁卖唱为生的流浪者和千万富翁对于幸福的感知频率与强度，几乎是一样的。当一个人晚饭没有着落的时候，一个好心人给的汉堡就能给他带来幸福的感觉。但千万富翁就丧失了得到这份幸福的缘分。幸福是不嫌贫爱富的，我们至今没有办法确知某一种情况将必然导致幸福，同样，也无法确认某一种情况将必然导致不幸。

妈妈看到婴儿的出生，想来是天下的大幸福。但对于一个未婚母亲或是遭夫遗弃的妻子来说，这幸福的强度就可能要打折扣。生命消失之际按说和幸福不搭界，但我确实听到过一个人在他生命垂危之际，说他——很幸福——这个人就是我的父亲。这是他所给予我的最宝贵的精神财富之一，令我知道即使是面对永恒的消失，人也可以满怀幸福地沉稳走去。

说到这儿，离科学就有些远了，而是和人性有了更多的链接。科学要发展，人性要完善，幸福和不幸永在。

失恋究竟失去什么

一个身材高大的男青年倚在一个瘦弱的女子身上，踉踉跄跄地走进心理咨询中心。工作人员以为他患了重病，忙说，我们这里主要是解决心理问题的，如果是身体上的病，您还得到专科医院去看。女子搀扶着男青年坐在沙发上，气喘吁吁地说，他叫瞿杰，是我弟弟。我们刚从专科医院出来，从头发梢到脚后跟，检查了个底儿掉，什么毛病都没查出来。可他就是睡不着觉，连着10天了，每天24小时，什么时候看他，他都睁着眼，死盯着天花板，任啥话也不说。各种安眠药都试过了，丝毫用处都没有。再这样下去，就算什么病也不沾，人也会活活熬死。专科医院的大夫也没辙了，让我们来看心理医生。求求你们伸出援手，救救我弟弟吧！

姐姐涕泪交流，瞿杰仿佛木乃伊，空洞的目光凝视着墙上的一个油墨点，无声无息。

瞿杰进了咨询室，双手拄着头，眉锁一线，表情十分痛苦。

我说："睡不着觉的滋味非常难受，医学家研究过，一个人如果连续一周不睡觉，精神就会崩溃，离死亡就不远了。"

"你以为是我不愿意睡觉吗？你以为一个人想睡就睡得着吗？你以为我失眠是我的责任吗？你以为我就不知道人总是睡不着觉就会死的吗？"瞿杰突然咆哮起来，用拳头使劲击打着墙壁，因为过分用力，他的指节先是变得惨白，继而充血发暗，好像箍着紫铜的指环。

我平静地看着他，并不拦阻。他需要一个发泄，虽然我暂时还不知道导致他失眠和强烈情绪的原因是什么，但他能够如此激烈表达情绪，较之默默不语就是一个进步。燃烧的怒火比闷在心里的阴霾发酵成邪恶的能量，好过千倍。至于他把怒火转嫁到我身上，我一点儿也不生气。虽然他的手指指点的是我，唾沫星子几乎溅到我脸上，指名道姓用的是"你"，似乎我就是令他肝胆俱碎的仇家，但我知道，这是情绪的宣泄和转移，并非和咨询师个人不共戴天。

一番歇斯底里的发作之后，瞿杰稍微安静了一点。

我说："你如此憎恨失眠，一定希望能早早逃脱失眠的魔爪。"

他翻翻暗淡无光的眼珠子说："这还用你说吗！"

我说："那咱们俩就是一条战壕的战友了，我也不希望失眠害死你。"

瞿杰说："失眠是一个人的事情，你就是愿意帮助我，你又有什么办法！"

我说:"我可以帮你找找原因啊。"

瞿杰抬起头,挑衅地说:"好啊,你既然说要帮我,那你就说说我失眠到底是什么原因吧!"

我又好气又好笑,说:"你失眠的原因只有你自己知道,你要是不愿意说,谁都束手无策。要知道,失眠的是你而不是我。你若是找不到原因,或是找到了原因也不说,把那个原因像个宝贝似的藏在心里,那它就真的成了一个魔鬼,为非作歹地害你,直到害死你,别人也爱莫能助,无法帮到你。"

瞿杰苦恼万分地说:"不是我不说,是我真的不知道为什么失眠。"

我说:"你失眠多长时间了?"

瞿杰说:"10天。"

我说:"在失眠的时候,你想些什么?"

瞿杰说:"什么都不想。"

我说:"人的脑海是十分活跃的,只要我们不在睡眠当中,我们就会有很多想法。你说你失眠却好像什么都不想,这很可能是因为有一件事让你非常痛苦,你不敢去想。"

瞿杰有片刻挺直了身子,马上又委顿下去,说:"你是有两下子,比那些透视的X光共振的核磁什么的要高明一点。他们不知道我脑子里想的是什么,你猜到了。我承认你说得对,是有一件事发生过……我不愿意再去想它,我要逃开,我要躲避。我只有命令自己不想,但是,大脑不是一个好士兵,它不服从命令,你越说不想它越要想,这

155

件事就像河里的死尸，不停地浮现出来。我只有一个笨办法，就是用其他的事来打岔，飞快地从一件事逃到另外一件事，好像疯狂蔓延的水草，就能把死尸遮挡住了。这法子刚开始还有用，后来水草泛滥成灾，死尸是看不到了，但脑子无法停顿，各种各样的念头在翻滚缠绕，我没有一时一刻能够得到安宁，好像是什么都在想，又像是什么都不想，一片空白……"说到这里，他开始用力捶击脑袋，发出空面袋子的"噗噗"声。

我表面上镇静，心里还是有点担心，怕这种针对自我的暴力弄伤了他的身体，做好了随时干预的准备。过了一会儿，他打累了，停下来，呼呼喘着粗气。我说："你对抗失眠的办法就是驱动自己不停地想其他的事情，以逃避那件事情。结果是脑子进入了高速旋转的状态，再也停不下来。你现在能告诉我那件让你如此痛苦不堪的事情，究竟是什么吗？"

他迟疑着，说："我不能说。那是一个妖精，我好不容易才用五花八门的事情把它挡在门外，你让我说，岂不是又把它召回来了吗？"

我说："我很能理解你的恐惧，也相信你让自己的大脑，不停地从一个问题跳到另外一个问题，用飞速旋转抗拒恐怖。在最初的阶段，这个没有法子的法子，在短时间内帮助过你，让你暂时与痛苦隔绝。但是，随着时间的延续，这个以折磨取胜的法子渐渐失灵了。你变得疲惫不堪，脑子也没办法进行正常的思维和休息，你就进入了混乱和崩溃，这个法子最终伤害了你……"

瞿杰好像把这番话听了进去，用手撕扯着头发。我不想把气氛搞得太压抑，就开了个玩笑说："依我看啊，你是饮鸩止渴。"

瞿杰好奇地问："鸩是什么？渴是什么？"

我说："渴就是你所遭遇到的那件可怕的事情。鸩就是你的应对方法。如今看来，渴还没能把你搞垮，鸩就要让你崩溃了。渴是要止住的，只是不能靠饮鸩。我们能不能再寻找更有效的法子呢？况且直到现在，你还那么害怕这件事卷土重来，说明渴并没有真正远离你，鸩并没有真正地救了你。如果把这个可怕的事件比作一只野兽，它正潜伏在你的门外，伺机夺门而入，最终吞噬你。"

瞿杰的身体直往后退缩，好像要逃避那只野兽。我握住他的手，给他一点力量。他渐渐把身体挺直，若有所思地说："您的意思是我们只有把野兽杀死，才能脱离苦海，而不是只靠点起火把敲响瓶瓶罐罐把它赶走？"

我说："瞿杰你说得非常对。现在，你能告诉我那只让你非常恐惧的野兽是什么吗？"

瞿杰又开始迟疑，沉默了漫长的时间。我耐心地等待着他。我知道这种看起来的沉默，像表面波澜不惊的深潭，水面下风云变幻，正进行着激烈的思想斗争——说还是不说？

终于，瞿杰张开了嘴巴，舔着干燥的嘴唇说："我……失……恋了。"

原本我以为让一个英俊青年如此痛不欲生的理由，一定惊世骇俗，不想却是十分常见的失恋，一时觉得小题大做。但我很快调整了自己的思绪，认真回应他的痛楚。心理问题就是这样奇妙，事无大小，全在一心感受。任何事件都可能导致当事人极端的困惑和苦恼，咨询师不能一厢情愿地把某些事看得重于泰山，而轻视另外一些事情，以为轻若鸿毛。唯有当事人的情绪和感受，才是最重要的风向标。

我点点头，说："谢谢你对我的信任。失恋的确是非常令人惨痛的事情，有时候足以让我们颠覆、怀疑整个世界。"

瞿杰说："我没有把这件事告诉任何人。"

我说："你不说，一定有你不说的理由。"

瞿杰说："没想到你这样理解我。你知道我为什么不说吗？"

我老老实实地回答："不知道。如果你告诉了我，我就知道了。"

瞿杰说："你看我条件如何？"

我说："你指的条件包括哪些方面的呢？"

瞿杰说："就是谈恋爱的条件啊。"

我说："每一代人都有每一代人的条件，我的眼光可能比较古旧了，说得不对供你参考。依我看来，你的条件不错啊。"

瞿杰第一次露出了笑容说："岂止是不错，简直就是优等啊。你看我，1米83的高度，校篮球队的中锋，卡拉OK拿过名次，功课也不错，而且家境也很好，连结婚用的房子家里都提前准备了……"

我说："万事俱备只欠东风了。"

瞿杰说："是啊，这个东风就是一位女朋友。"

我说："你的女朋友究竟是一个怎样的人呢？"

瞿杰说："人们都以为我的女朋友一定是倾国倾城貌的淑女，不敢说一定门当户对，起码也是小家碧玉……可我就是让大家大跌眼镜，我的女朋友条件很差，长得丑，皮肤黑，个子矮，家里也很穷，但很有个性……得知我和她交朋友，家里非常反对，我说，我就是喜欢她，如果你们不认这个媳妇，我就不认你们。话说到这个份儿上，家里也只好默许了。总之，所有的人都不看好我的选择，但我义无反顾地爱她。可是，没想到，她却在11天前对我说，她不爱我了，她爱上了另外一个人……我以前听说过'天塌地陷'这个词，觉得太夸张了，就算地震可以让土地裂缝，天是绝对不会塌下来的，但是在那一瞬，我真正明白了什么是乾坤颠倒地动山摇。我被一个这样丑陋的女人抛弃了，她找到的另外一个男人和我相比，简直就是一堆垃圾，不，不，说垃圾都是抬举了他，完全是臭狗屎！"

瞿杰义愤填膺，脸上写满了不屑和鄙夷，还有深深的沮丧和绝望。

事情总算搞清楚了，瞿杰其实是被这种比较打垮了。我说："这件事的意义对于你来说，并不仅仅是失恋，更是一种失败和耻辱。"

瞿杰大叫起来："你说得对，就像八国联军入侵，我没放一枪一炮就一败涂地丧权辱国。如果说我被一个绝色美女抛弃了，我不会这么懊丧。如果说我被一个高干的女儿或是富商家的小姐甩了，我也不会这么愤慨。或者说啦，如果她看上的是一个美男帅哥大款爵爷什么的，我也能咽下这口气，再不干脆嫁了个离休军长，我也认了……可您不知道那个男生有多么差，我就想不通我为什么会败在这样一个人渣手里，我冤枉啊……"

看到瞿杰把心里话都一股脑儿地倾倒出来，我觉得这是很好的进展。我说："我能体会到你深入骨髓的创伤，其实你最想不通的还不是失恋，是在这样的比较中你一败涂地溃不成军！"

瞿杰愣了一下，说："你的意思是说我的痛苦不是失恋引起的?"

我说："表面上看起来，是失恋让你痛不欲生。但是刚才你说了，如果你的前女友找的是一个条件比你好的男生，你不会这么难过。或者说如果你的前女友自身的条件要是更好一些，你也不会这样伤心。所以，我要说，你的失败感和失恋有关，但更和其他一些因素有关。"

瞿杰若有所思道："你这样一讲，好像也有一点道理。但是，如果没有失恋，这一切都不会发生啊。"

我说："如果没有失恋，也许不会这样集中地爆发出来，但是恕我直言，你是不是经常在和别人的比较当中过日子?"

瞿杰说："那当然了。如果没有比较，你怎么能知道自己的价值?"

我说："瞿杰，这可能就是问题的关键所在了。其实，一个人的价值并不在和别人的比较之中，而是在自己的掌握之中。就拿你自己来当例子，你的条件和11天以前的你，有什么大的变化吗?"

瞿杰说："除了睡不好觉，体重减轻头发掉了一些之外，似乎并没有其他的变化。"

我说："对啊，那么，你对自己的评价有什么变化吗?"

瞿杰说："当然有了。比如我觉得自己不出色、不优秀、不招人喜爱、前途暗淡了……"

我说："你的篮球还打得那样好吗？"

瞿杰不解地说："当然啦。只是我这几天没有打篮球，如果打，一定还是那样好。"

我又说："你的歌唱得还好吗？"

瞿杰说："这个没有问题。只是我现在没有心思唱歌。如果唱哀伤的歌儿，也许比以前唱得还好呢。"

我接着说："你的学习成绩怎样呢？"

瞿杰好像明白了一些，说："还是很好啊。"

我最后说："你的个头怎样呢？"

瞿杰难得地笑出声来，说："您可真逗，就算我几天几夜不吃饭不睡觉，分量上减轻点，骨头也不会抽抽啊。"

我趁热打铁说："对呀，你还是那个你，只是这其中发生了失恋，一个女生做出了她自己的选择……我们还不完全知道她是因为什么做出这样的决定，但你只有接受和尊重这个决定，这是她的自由。两个相爱的人因为种种原因不能走到一起，固然是一件令人伤感的事情，但感情的事情是不能勉强的。世上无数的人经受过失恋，但从此一蹶不振跌倒了就爬不起来的人毕竟有限。瞿杰，我看你面对的并不是担心自己以后找不到女朋友，而是更深在的忧虑。"

瞿杰说："您说得太对了。寝室的男友知道我失恋的事，总是说，

161

依你这样好的条件，还怕找不到好姑娘吗？别这么失魂落魄的，看哥们儿下午就给你介绍一个漂亮MM。他们不知道我心里的苦，并不是担心自己以后找不到老婆，而是想不通为什么会被人行使了否决权，我觉得自己在人格上输光了血本。"

我说："瞿杰，谢谢你这样勇敢地剖析了自己的内心，失恋只不过是个导火索，它点燃的是你对自己评价的全面失守，你认为女友的离开是地狱之门，从此你人生黑暗。你看到她的新男友，觉得自己连一个这样的人都不如，就灰心丧气全盘否定了自己。"

在长久的静默之后，瞿杰的脸上渐渐现出了光彩，他喃喃地说："其实我并没有失败。"

我说："失恋这件事也许已成定局，但是人生并不仅仅是爱情，还有很多重要的事情在等待着你。再说，就是在爱情方面，你也并不绝望，依然有得到纯美爱情的可能性啊。"

瞿杰深深地点头，说："从此我不会再从别人的瞳孔中寻找对我的评价，我会直面失恋这件事情……"

瞿杰还是被姐姐扶着走出咨询中心的。他的眼睛因为极度的困倦已经睁不开，靠在姐姐肩头险些睡着。大约一个半小时之后，工作人员说瞿杰的姐姐打电话找我。我以为瞿杰有了什么新情况，赶紧接过电话。

瞿杰的姐姐说："我带着瞿杰，现在还在出租汽车上。"

我说："你们家这么远啊？"

瞿姐姐说："车已经从我们家门口路过好几次了。"

我说："那你们为什么像大禹治水一样，路过家门而不入？"

瞿姐姐说："瞿杰一坐上出租汽车马上就进入了深深的睡眠，睡得香极了，还说梦话，说：我不灰心，我不怕……睡得口水都流出来了，好像一个甜甜的婴儿。这些天他睡不着觉非常痛苦，看到他好不容易睡着了，我不敢打扰他，就让出租车一直在街上兜圈子，绕了一圈又一圈，车费都快200块钱了。我怕一旦把他喊起来，又进入无法成眠的苦海。可他越睡越深沉，没有一点醒来的意思，我也不能一直让车拉着他在街上跑。我想问问您，如果把他喊醒下车回家，他会不会一醒过来就又睡不着觉了？我好害怕呀！"

我说："不必担心，你就喊醒他下车回家吧。如果他还睡不着觉，就请他再来。"

瞿杰再也没有来。

我对死亡感兴趣。原因小部分来自天性中的胆怯，大部分来自从事医学20多年的经历。行医时光，几乎天天碰撞死亡，它是令人震撼又不可回避的老友。

在传统或先锋的摄影里，死亡都被可疑地忽视了。不知摄影师们有意还是无意冷落死亡，仿佛那是个微不足道的家伙，可以漠视它的存在。人的一生犹如长河，出生童年成长结婚生育事业……所有码头事无巨细都一一被摄影机关照，唯有入海口的情形，那卷底片好像被锐物洞穿，遗下一个透明窟窿。

有人会反驳，那么多反映死亡的照片，曝光于世啊。比如春节贴出的公告，印有携带烟花爆竹而炸裂的断肢残骸，让人魂飞魄散。比如电视里播出的战乱、飓风、火山、水患和交通肇事图片，罹难人群的尸体，在黑色塑胶罩下朦胧起伏，这不都是摄影记录下的新鲜死亡吗？

我要说的不是这种死亡。那是暴死、惨死、屈死、恶死，是飞来横祸，是死于非命……是变了形的丑化了的涂满骇人油彩的非正常死亡，是葱绿大树上的一段枯萎枝杈。正常的死亡犹如宏大典籍，上述死法只算虫蠹残章。如果一叶障目，认定这就是死亡的全貌，实是以偏概全，暴殄天物。死亡如若有知，会对这种强加于它的定位，表示强烈的不安和抗议。

心目中的正常死亡，是水到渠成温柔淡定的熄灭，是生命自然而然的脱落与销声匿迹，是一种宽广宁静的平稳终结状态，是灵魂统领下的智慧超拔与勇气升华。死亡是生命巅峰的凌空一跃，是个体最后的成长过程，是一个简明扼要的告别，是一曲袅袅余音的震荡。我们像芦苇，一直成长到消失。丝网是生命繁育的最后阶段。生和死的宏观可预见性和微观的难以测量性，说明了死与生相比，更猛烈得强大与神秘。死亡虽然经常和鲜血与不洁粘连在一起，它的实质却是神圣朴素的。它响亮而明快地宣告，月亮下山了，黎明正在孕育。它是人类社会不倦的清道夫，新陈代谢不请自来的高超产婆。

死亡对于失去个体的亲人来说，自然悲恸欲绝。但摄影者站在整个人类的立场上，表现这一生命的主题，可以超越一己的藩篱。人们兴致勃勃地表现新生，表现婴儿稚嫩的肌肤和母亲宽慰的笑容，表现萌发的绿叶和解冻的冰河，为什么就不能更达观更美好地展示与这一切唇齿相依的死亡呢？

我们惧怕死亡。

那些必然要到来的事物，那些合理的事物，那些对全局有好处的事物，那些蕴涵着真理颗粒的事物，不应成为惧怕的理由。

我们是踏着先人骨殖堆积的原野，来到这个世界上来的。据说，在每一个活着的今人背后，都挺立着四十具以上的白骨。它们是自有人类以来，在这颗星球上生存并逝去的祖先。设想他们都健在，大地将多么拥挤，食物将多么匮乏，风将多么滞重，水将多么黏稠……所有生物都被挤成剪纸。感谢死亡，它如筛网，过滤优选了生灵的种子，以生机盎然的新锐代替了蹒跚钝化的老迈。对这种除旧布新的壮举，即使不为之欢呼雀跃，起码也不应无限悲哀地渲染恐怖吧？进化犹如潮汐，不可抗拒地为后代冲刷出立足和发展的辽阔海滩。从这个角度讲，死亡是天经地义含情脉脉的圣手，为什么不能庄严优美地展示它的合理性呢？

惧怕或许有心理遗传的基因。在科学不发达的古代，死亡是凄惨的重创，与瘟疫、灾患、血与火缠绕在一起，狰狞恐怖。靠拢死亡之人，常常会给生存者带来灾变。于是各个民族的习俗与禁忌中，都躲避死亡。死亡与黑暗、丑陋、腐败形影不离，人一死，就成为异类，生前的种种善相都化为乌有，转瞬获得了可怕的魔法。

由于科技的进步和文明的发展，使得近几十年内，人们越来越多地可以在平凡中享受正常死亡。死亡由于非正常死亡所强加在自己头顶的黑色面纱，正被一缕缕撕开，露出它庄重自在的法相。

也许单凭无所畏惧，还不能准确地反映死亡，摄影师面临心灵的挑战。死，毕竟是一道铁幕，咫尺天涯，普通人难以穿越。我们周围，很难找到这样既司空见惯又讳莫如深的事件。我们既挚爱逝去的亲人，又痛彻心扉地抗拒对永诀的如实记录。既坚守在亲人身旁，又再也不愿回顾那一段岁月。死亡像一道盛大的晚宴，我们因无法事先品尝它的滋味，而充满好奇，又本能地躲避烹制它的厨房，尽量推迟赴宴的时间。我们不懈地追求一生形象美好，又无师自通地恐惧身后丑陋无比……关于死亡，我们有那么多鱼龙混杂针锋相对的想法，犹如黑白荆棘织就的毡毯，覆盖着战栗的灵魂。

只要不是死于烈性传染病、战伤和交通事故以及昏迷，即使是癌症病人，大致也可清醒地告别人间，经过临终关怀走向安详的永恒。在现代医学卓有成效的帮助下，疼痛可以稀释，恐惧能够淡化。医院的洁白和家的安宁，尤其是亲人的温馨，应是环绕正常死亡的基本色调。

渴望能有博爱地反映死亡的摄影作品，基调是生命的必然和人间的宽广包容。

希望有淳厚的爱意弥漫在漫长人生的隐没处，犹如晨间的炊烟和山峦起伏的雾岚，清澈缥缈，如梦如水。

拍摄的难度大概很大吧？我完全不懂技术，盲人摸象。一想到能把死亡拍得优美，拍出融融的暖气，觉得神往又几乎以为是幻觉。摄影家聪慧卓越，大约总是有法子可想的。他们的手，既然能把枯萎的残荷，焦躁的沙漠，狰狞的古树，暴烈的野兽，古旧的村落，残破的废墟，淋漓的血汗，骇人的风暴……都点石成金，拍出饱满诗意，对人生终得一晤的——死亡，也一定能拍出好的创新吧。

看过弘一法师涅槃的照片，摄于1942年10月14日。法师一手抚于耳畔，恍若安睡。布履木床，犹如卧佛。我们不是高僧，辞世时无法人人这般从容，但法师之死展示的清宁境界，却是一种我们可以追寻的完美终结。

想象中有这样一幅照片。一位须发皆白的长者，即将仙逝。他目光炯炯，正是阳气出离本体，踏鹤远行之机。他面容安详，因为已无愧无悔地度过坦荡一生。窗外月色凄迷，犹如一袭倚天长绢披挂寰宇，肃穆清凉。所有的医疗器械都已在背景中虚化，因为人的力量不可抗拒自然的法则。老人嘴角有隐约的笑意，去往天国的路并不生疏，有先行的伴侣度他飞升……

如此想看到关于正常死亡的优美摄影作品，不知是否偏题？怪题？难题？祥和安宁的死亡，化腐朽为安宁，是对死者的殷殷远送，是对生者的款款慰藉，是对生命的大悲悯，是对造化的大敬重。

期望着。

苦难之后

　　谈谈关于苦难的问题，你们可有兴趣？有人一定会捂着耳朵说，不听不听……说句心里话，我也怕谈这个难题。这对我也是一个大考验。咱们好像共同面对着一碗苦苦的药汤，要一口口慢慢地喝下去，有时还得咂着嘴回味一番，更是苦上加苦。可是中国有句古话，叫作"良药苦口利于病"，对于某些重要的命题，回避不是一个好法子。所以，咱们就一块儿皱着眉咬着牙，坚持讨论下去吧。

　　我之所以不称你们为"老朋友"，不是因为咱们相识的时间还短，是因为你们的年龄比较小。我原来总以为研究"苦难"这个大题目，要放在人比较成熟的时候——起码要到男孩下巴上长出软软胡须，女孩身姿婀娜之后。可是，生活根本就不理会我们的安排，它我行我素，肆无忌惮。可以顷刻之间，就把严酷的灾难，比如山崩地裂，比如天灾人祸，比如父母离异，比如病魔降身……莅临到无数人头上，毫不对儿童和少年稍存体恤之情。

这就证明了一个铁一般冷酷的事实——苦难的降临是不以人的善良意志为转移的。它就像空气一样，围绕着成人，也围绕着未成年人。对于注定要发生的风浪，单纯地依靠一厢情愿的堤坝，是无法躲避灾难的。更重要更有效的策略，是我们具备直面它的勇气，然后从容冷静坚定顽强地走过苦难，重建生活。

有一句说得很烂的话——"不要总是生活在童话中"。这话是什么意思呢？大概是说——童话虽然很美好，但现实生活中远不是那个样子。面对真实的生活的时候，我们要忘掉童话的气氛。

我不同意这种说法。其实在那些最优秀的童话里，是充满了苦难和对于苦难的抗争的。比如说"灰姑娘"吧。她小小的年纪就失去了母亲，父亲也并不关爱她（在那个经典的故事中，没有对灰姑娘爸爸的具体描写，我估计不是作者的疏忽，而是灰姑娘的老爸乏善可陈。从他找的第二任夫人的品行可看出，这老先生对人的洞察能力不佳）。在继母的冷漠和姐姐们的白眼下生活，没法读书，做着力所不及的杂役……嘻！简直就是未成年人被家庭虐待的典型。

比如"卖火柴的小女孩"，更是悲惨至极。没有吃的，没有喝的，在节日的夜晚，还要光着脚在风雪中售卖火柴，以至于饥寒交迫冻饿而死……真是惨绝人寰的景象。依我在西藏雪域生活多年的经验，作家笔下所描绘的小女孩临死前所看到的温暖光明的家庭图画，其实很有科学根据。濒临冻僵的人，神经麻痹之后会出现神秘的幻觉——平日的理想都虚无缥缈地浮现出来了。包括小女孩脸上的笑容，也有医学基础。严寒会使人的肌肉强烈痉挛，我当过多年的医生，所见过的被冻死的人，表情都好似在微笑……

再说白雪公主。亲妈早早仙逝，后母不容，因为嫉妒她的美丽，竟然雇了杀手要取她首级。好不容易死里逃生，被好心小矮人收留。为了报答恩人，她从高贵的公主摇身一变，成了打扫家务烹炸菜肴的小时工，这个落差不可谓不大。即使这样，她的厄运还远未终结，后母死死追杀，最后险些被毒苹果夺去红颜……

怎么样？以上所谈童话中的阴谋与死亡、贫困与灾难……其力度和惨烈，就是今人，也要为之垂泪吧？

我还可以举出许多。比如小人鱼变鳍为脚的痛楚，小红帽面对狼外婆的恐惧，孙悟空戴上紧箍儿的折磨和唐僧九九八十一难的艰辛……怎么样，我说得不错吧？童话并不遮盖苦难，它们比今天那些搞笑的故事，更多悲凉和灾难的警策。

也许是因为童话多半有一个光明的结尾，好人得到神灵相助，就使人们忽略了那些惨淡的忧郁，以为童话总是祥云笼罩，这实在是一个大误会。

小朋友和中朋友们，说句真心话，依我这些年跋山涉水走南闯北的经验，苦难就像感冒，几乎是不可避免的。如果谁告诉你们世界永远是阳光灿烂，请记住——他是一个骗子。

灾难埋伏在我们前进的拐弯处，不知何时会突袭我们。怕，是没什么用的。我们不能取消灾难，各位能够做到的就是面对灾难不屈服。

灾难会带给我们巨大的痛苦。亲人丧失、房屋倒塌、财产毁坏、学业中断、断臂失明、瘫痪失语、孤苦无依、诬陷迫害……这些词令人窒息，我都不忍心写下去了。但我深深知道，以上绝境还远远不是灾难的全部，在人生过程中，还有大大小小许许多多匪夷所思的艰险会不期而遇。

既然灾难不可避免，灾难之后，我们怎么办？我想答案一定是形形色色的。不过万变不离其宗，大致可以分成两大类。

一条路是——我们可以终日啼哭，用泪水使太平洋的海拔高度上升。我们可以一蹶不振徘徊在墓地，时时沉湎在对亲人的怀念和追悼中。我们可以怨天尤人，愤问苍穹的不公和大自然的残忍。我们可以从此心地晦暗，再也不会欢笑和宽容……

沿着这条路一直走下去，那结局是末日的黑色和冰冷。

还有一条路是——我们拭干眼泪，重新唤起生的勇气。掩埋了亲人之后，我们努力振奋新的精神，以告慰天上的目光。我们更珍惜生命的价值和意义，争取用自己的存在让这颗星球更美。我们对他人更多温情和宽厚，因为我们从患难中理解了友谊和支援……

沿着这条路走下去，那结局是火焰般的橘黄色，明媚温暖。

小朋友和中朋友们，这两条路可是南辕北辙的啊。灾难之后，何去何从，千万三思而后行！

灾难是一把双刃剑，可以把一个人从精神上杀死，也可以把他锻造得更加坚强。所以，选择非常重要。

如果说我们何时遭遇灾难，是不受我们控制的，但灾难之后我们如何走过灾难，却是我们一定能掌握的。在灾难的废墟上，愿生命之树依然常青。

忧郁是一只近在咫尺的洋葱，散发着独特而辛辣的味道，剥开它紧密黏黏的鳞片时，我们会泪流满面。

一位为联合国工作的朋友告诉我，她到过战火中的难民营，抱起一个小小的孩子。她紧紧地搂着这幼小的身躯，亲吻她枯燥的脸颊。朋友是一位博爱的母亲，很喜爱儿童，温暖的怀抱曾揽过无数孩子，但这一次，她大大地惊骇了。那个婴孩软得像被火烤过的葱管，萎弱而空虚。完全不知道贴近抚育她的人，没有任何欢喜的回应，只是被动地僵直地向后反张着肢体，好似一块儿就要从墙上脱落的白瓷砖。

朋友很着急，找来难民营的负责人，询问这孩子是不是有病或是饥寒交迫，为什么表现得如此冷漠？那负责人回答说，因为有联合国的经费救助，孩子的吃和穿都没有问题，也没有病。她是一个孤儿，父母双亡。孩子缺少的是爱，从小到大，从没有人抱过她。因她不知"抱"为何物，所以不会反应。

朋友谈起这段往事，感慨地说，不知这孩子长大之后，将如何走过人生？

不知道。没有人回答。寂静。但有一点可以预见，她的性格中必定藏有深深的忧郁。

我们都认识忧郁。每一个人，在一生的某个时刻，都曾和忧郁狭路相逢。

自然界的风花雪月，人生的悲欢离合，从宋玉的悲秋之赋到绿肥红瘦的喟叹，从游子的枯藤老树昏鸦到弱女的耿耿秋灯凄凉，忧郁如同一只老狗，忠实而疲倦地追着人们的脚后跟，挥之不去。随着现代社会的发达，忧郁更成了传染的通病。"忧郁症"已经如同感冒病毒一般，在都市悄悄蔓延流行。

忧郁像雾，难以形容。它是一种情感的陷落，是一种低潮的感觉状态。它的症状虽多，灰色是统一的韵调。冷漠，丧失兴趣，缺乏胃口，退缩，嗜睡，无法集中注意力，对自己不满，缺乏自信……不敢爱，不敢说，不敢愤怒，不敢决策……每一片落叶都敲碎心房，每一声鸟鸣都溅起泪滴，每一束眼光都蕴满孤独，每一个脚步都狐疑不定……

一个女大学生给我写信，说她就要被无尽的忧郁淹没了。因为自己是杀人凶手，那个被杀的人就是她的妈妈。她说自己从三岁起双手就沾满了母亲的鲜血，因为在那一天，妈妈为了给她买一支过生日的糖葫芦，横穿马路，倒在车轮下……

"为此，我怎能不忧郁？忧郁必将伴我一生！"信的结尾处如此写着，每一个字，都被水洇得像风中摇曳的蓝菊。

说来这女孩子的忧郁，还属于忧郁中比较谈得清的那种，因为源于客观的、重要人物的失落，在某种程度上，是我们不得不面对的痛苦反应。更有那说不清道不明的忧郁，树蚕一样噬咬着我们的心，并用重重叠叠的愁丝，将我们裹得筋骨蜷缩。

忧郁这种负面情感的源头，是个体对失落的反应。由于丧失，所以我们忧郁。由于无法失而复得，所以我们忧郁。由于从此成为永诀，所以我们忧郁。由于生命的一去不返，所以我们忧郁。

从这种意义上讲，忧郁几乎是人类这种渺小的动物，面对宇宙苍穹时，与生俱来的恐惧，所以我们无法从根本上消除忧郁。我相信凡有人类生存的日子，我们就要和忧郁为朋，虽然我们不喜欢，但我们必须学会与忧郁共舞。

正因为这种本质上的忧郁，所以我们才要在有限的生存岁月中，挑战忧郁，让我们自己生活得更自由，更欢愉，更勃勃生气。

失落引发忧郁。当我们分析忧郁的时候，首先面对的是失落。细细想来，失落似可分为不同性质的两大类。

一是目前发生的真实与外在的失落，可以被我们确认并加以处理的。比如失去父母，失去朋友，失去恋人，失去工作，失去金钱，失去股票，失去名声，失去房产，失去自信……惨虽惨矣，好歹失在明处，有目共睹。

二是源自自我发展的早期便被剥夺，或严重的失望经验，导致内在的深刻失落感觉。这话说起来很拗口，其实就是失在暗地，失得糊涂，失得迷惘，失在生命入口端的混沌处。你确切无疑地丢失了，却不知遗落在哪一地驿站。

这可怕的第二种失落，常常是潜意识的，表明在我们的儿童期，有着不同程度的缺憾和损失。因为我们未曾得到醇厚的爱，或因这爱的偏颇，使我们的内心发展受阻。因为幼小，我们无法辨析周围复杂的社会，导致丧失了对他人的信任，并在这失望中开始攻击自己。如同联合国那位朋友所抱起的女婴，她已不知人间有爱，她已不会回报爱与关切。在这种凄楚中长大的孩子，常常自我谴责与轻贱，认为自己不可爱，无价值，难以形成完整高尚的尊严感。

过度的被保护和溺爱，也是一种失落。这种孩子失落的是独立与思考，他们只有满足的经验，却丧失了被要求负责的勇气，丧失了学会接受考验和失败的能力，丧失了容纳失望的胸怀。一句话，他们在百般呵护下，残害了自我的成长性和控制力的发展。他们的脑海深处永远藏着一个软骨的啼哭的婴孩，因为愤怒自己的无力，并把这种无能感储入内心，因而导致无以名状的忧郁。

人的一生，必须忍受种种失落。就算你早年未曾失父失母失学失恋，就算你一帆风顺平步青云，你也必得遭遇青春逝去韶华不再的岁月流淌，你也必得纳入体力下降记忆衰退的健康轨道，你也必有红颜易老退休离职的那一天，你也必得遵循生老病死新陈代谢的铁律。到了那一刻，你是否有足够的弹性，抵御忧郁？

还有一种更潜在的忧郁，是因为我们为自己立下了不可达到的高标准，产生了难以满足的沮丧感。这种源自认定自我罪恶的忧郁症状，是与外界无关的，全需我们自我省察，挣脱束缚。

忧郁的人往往是孤独的，因为他们的自卑与自怜。忧郁的人往往互相吸引，因为他们的气味相投。忧郁的人往往结为夫妻，多半不得善终，因为无法自救亦无力救人。忧郁的人往往易于崩溃，因为他们哀伤，更因为他们羸弱绝望。

难民营的婴儿，不知你长大后，能否正视自己的童年？失却的不可复来，接受历史就是智慧。记忆中双手沾着血迹的女大学生，你把那串猩红的糖葫芦永远抛掉吧，你的每一道指纹都是洁白的，你无罪。母亲在天国向你微笑。

不要嘲笑忧郁，忧郁是一种面对失落的正常。不要否认我们的忧郁，忧郁会使我们成长。不要长久地被忧郁围困，忧郁会使我们萎缩。不要被忧郁吓倒，摆脱了忧郁的我们，会更加柔韧刚强。

有年轻人问，对生活，你有没有产生过厌倦的情绪？

说心里话，我是一个从本质上对生命持悲观态度的人，但对生活，基本上没产生过厌倦情绪。这好像是矛盾的两极，骨子里其实相通。也许因为青年时代，在对世界的感知还混混沌沌的时候，我就毫无准备地抵达了海拔5000米的藏北高原。猝不及防中，灵魂经历了大的恐惧，大的悲哀。平定之后，也就有了对一般厌倦的定力。面对穷凶极恶的高寒缺氧，无穷无尽的冰川雪岭，你无法抗拒人是多么渺弱生命是多么孤单这副铁枷。你有1000种可能性会死，比如雪崩，比如坠崖，比如高原肺水肿，比如急性心力衰竭，比如战死疆场，比如车祸枪伤……但你却在苦难的夹缝当中，仍然完整地活着。而且，只要你不打算立即结束自己，就得继续活下去。愁云惨淡畏畏缩缩的是活，昂扬快乐兴致勃勃的也是活。我盘算了一下，权衡利弊，觉得还是取后种活法比较适宜。不单是自我感觉稍愉快，而且让他人（起码是父母）也较为安宁。就像得过了剧烈的水痘，对类似的疾病就有了抗体，从那以后，一般的颓丧就无法击倒我了。我明白日常生活的核心，其实是如何善待每人仅此一次的生命。如果你珍惜生命，就不必因为小的苦恼而厌倦生活。因为泥沙俱下并不完美的生活，正是组成宝贵生命的原材料。

他又问，你对自己的才能有没有过怀疑或是绝望？

我是一个"泛才能论"者——认为每个人都必有自己独特的才能，赞成李白所说的"天生我材必有用"。只是这才能到底是什么，没人事先向我们交底，大家都蒙在鼓里。本人不一定清楚，家人朋友也未必明晰，全靠仔细寻找加上运气。有的人可能一下子就找到了；有的人费时一世一生；还有的人，干脆终生在暗中摸索，不得所终。飞速发展的现代科技，为我们提供了越来越多施展才能的领域。例如爱好音乐，爱好写作……都是比较传统的项目，热爱电脑，热爱基因工程……则是这若干年才开发出来的新领域。有时想，擅长操纵计算机的才能，以前必定也悄悄存在着，但世上没这物件时，具有此类本领潜质的人，只好委屈地干着别的行当。他若是去学画画，技巧不一定高，就痛苦万分，觉得自己不成才。比尔·盖茨先生若是生长在唐朝，整个就算瞎了一代英雄。所以，寻找才能是一项相当艰巨重大的工程，切莫等闲。

人们通常把爱好当作才能，一般说来两相符合的概率很高，但并不像克隆羊那样惟妙惟肖。爱好这个东西，有的时候很能迷惑人。一门心思凭它引路，也会害人不浅。有时你爱的恰好是你所不具备特长的东西，就像病人热爱健康，矮个儿渴望长高一样。因为不具备，所以就更爱得痴迷，九死不悔。我判断人对自己的才能，产生深度的怀疑以致绝望，多半产生于这种"爱好不当"的旋涡之中。因此在大的怀疑和绝望之前，不妨先静下心来，冷静客观地分析一下，考察一下自己的才能，真正投影于何方。评估关头，最好先安稳地睡一觉，半夜时分醒来，万籁俱寂时，摒弃世俗和金钱的阴影，纯粹从人的天性出发，充满快乐地想一想。

为什么一定要强调充满快乐地去想呢？我以为，真正令才能充分发育的土壤，应该同时是我们分泌快乐的源泉。

他的最后一个问题是，你是怎样度过人生的低潮期的？

安静地等待。好好睡觉，像一只冬眠的熊。锻炼身体，坚信无论是承受更深的低潮或是迎接高潮，好的体魄都用得着。和知心的朋友谈天，基本上不发牢骚，主要是回忆快乐的时光。多读书，看一些传记。一来增长知识，顺带还可瞧瞧别人倒霉的时候是怎么挺过去的。趁机做家务，把平时忙碌顾不上的活儿都趁此时干完。

那天晚上，比尔请客。

比尔是外交部的官员，负责接待安排我们在纽约的活动。比尔衣着朴素，脸上永远是温和厚道的笑容。当我们从纽约火车站出来的时候，看到的就是这种笑容。他帮我们推着沉重的行囊，在人群中穿行。当他护送我们到哈林区的贫民学校访问的时候，脸上也是这样的笑容。当我要离开纽约，担心一大堆资料无法带走的时候，又是比尔温暖的笑容帮我解决了难题，他答应为我将资料海运回中国。我要给比尔运费，比尔显出很不好意思的神情。我给了他20美元之后，他说什么也不肯再要了。

比尔请我们在一个中餐馆用饭。比尔说这是纽约最好的中餐馆之一。

我对请一个出访在外的游客吃故国饭食这事，一直持不同意见。比如一个日本人到中国访问，才从东京飞出来两个小时，到北京落地之后，被人请到一家日本料理，吃一顿风味走了样的日本饭，他的感觉必不会太好。同理，我在国外出访，最怕的就是吃那种改良后的中餐。无论色香味都发生了变异，还不如吃根本就与我们不是同宗同族的西餐，因为有了准备，舌头和肚肠的宽容度反倒大些。中餐就吓人了，上来一个"鱼香肉丝"，当你做好了将尝到熟悉的川味的准备时，一个冷不防，居然袭来奶油的甜香，所受的惊吓足以让你怀疑自己的神经。

比尔在中餐桌上是有发言权的，因为比尔的妻子是一位香港女性。这的确是我在美国吃的最好的中餐之一。席间，聊到一个有趣的话题：人是否需要预先知道今生的苦难？

同桌的一位朋友说，他认为如果有可能，他愿意预知一生的苦难。理由是，凡事预则立，不预则废。知道了，有什么坏处呢？没有。并不会因为你的预知，就让你的灾难变得更多或者减少，那么，你多知道一点，就对自己的人生多了一份把握，该是好事。

闷头吃饭的比尔，突然大叫了一声：NO！

这是我唯一的一次，在比尔的脸上看到的不是笑容，而是愤怒和凄楚。

当然，比尔的愤怒不是针对那位朋友，比尔放下了筷子，对我们说。

很多年前，我和我的妻子，在香港抽签请人算命。那人是一个和尚，他看了我妻子的签说，你会早死。看了我的签说，你会老死。

你们知道"早死"和"老死"的区别吗？自从听了那和尚的话，我的妻子就对我说，比尔，我会比你先死。因为我是早早死去，而你是老死，你要活很大的年纪。我说，你不要相信这话，那个人是胡说。我会和你白头偕老，如果有个人一定要先死去，那就是我，因为你比我年轻。但是前不久，我的妻子生了喉癌。那是因为她年幼的时候，家中很穷困，没有菜，就吃咸鱼。咸鱼很小，有很多刺，鱼刺刺伤了她的喉咙。久而久之，就生成了癌症。妻子走了，留下我，等着我的"老死"。

比尔说得非常伤感。朋友们缄默了许久，寄托对比尔妻子的深切悼念。我听出了比尔话后面的话。很多年来，关于"早死"和"老死"的谶语，就盘旋在他们的头顶。他们本能地畏惧这朵乌云，乌云尖利的牙齿，咬破了他们最快乐的时光。每当幸福莅临的时刻，惴惴不安也如约袭来。因为他们太珍惜幸福，就越发迅疾地想到了那不祥的预言。如果他们不知道那命运的安排，如果当年没有那老和尚的多此一举，比尔和他妻子的美好时光，也许会更纯粹更光明。

我不知道我想的是否符合实际，我也不敢向比尔求证。我把此事写到这里，是想再次问自己也问他人。我们是否需要预知今生的苦难？

大多数人是取席间的那位朋友的观点，还是像比尔一样说"NO"？

我站在比尔一边。不单是从技术层面上讲，我们无法预知今生的苦难，我们也无法预知今生的幸福。就是有人愿意告诉我，把我一生的幸福和苦难，用了不同的簿子，将它们分门别类地列出，苦难用黑墨水，幸福用红墨水，一一书写量化。或者是轻声细语地娓娓道来，苦难用叹息，幸福用轻轻的笑声。想来，我也会在这种簿子面前闭上眼睛，在这种命运的告诫面前，堵起自己的耳朵。生命是我自己的东西，甚至可以说是我仅有的东西，我不希望别人来说三道四。我注重的是过程，在这个过程中，我感到自己的价值。我们可以预知的只是自己应对苦难和幸福的态度。此时此地，这是我们能掌握的唯一。知道了又怎样？不知道又怎样？生命正是因为种种的不知道和种种的可能性，才变得绚烂多姿和魅力无穷。你依然要生活下去，依然要向前走。变化是无法预料的，世界充满了不可捉摸的可能。能够把握的只是我们自己。

那一天比尔离去的时候，带走我沉甸甸的资料。比尔一手拎着资料，一手提着他不离身的书包。他的书包在纽约的大街上显得奇特而突兀。那是一个简单的布包，上面用汉字写着：天府茗茶。

在纽约看到比尔的所有时刻，他都拎着这个布包，突然想问问比尔，这是否是他妻子很喜欢的一件东西？

忍受快乐。

这个提法，好像有点不伦不类。快乐啊，好事嘛，干吗还要用"忍受"这个词？习惯里，忍受通常是和痛苦、饥寒交迫、水深火热联系在一起的。

忍受是什么呢？是一种咬紧嘴唇苦苦坚持的窘迫，是一种打碎牙齿和血吞下的痛楚，是一种巴望减弱祈祷消散的呻吟，是一种狭路相逢听天由命的无奈。

如果是忍受灾害，似乎顺理成章。忍受快乐，岂不大谬？天下会有这种人？人们惊愕着，以为这是恶意的玩笑和粗浅的误会。

环顾四周，其实不欢迎快乐的人比比皆是。不信，你睁大了眼睛，仔细观察一下当快乐不期而至的时候，大多数人们的惊慌失措吧。

最具特征的表现是：对快乐视而不见。在这些人的心底，始终有一股冷硬的声音在回响——你不配拥有……这是过眼烟云……好景终将飘逝……此刻是幻觉……人生绝非如此……啊！我太不习惯了，让这种情形快快过去吧……

我们姑且称这种心绪为——快乐焦虑症。

这奇怪的病症是怎样罹患的？

许多年前，我从雪域西藏回北京探家，在车轮上度过了20天时光。最终到家，结束颠沛流离之后，很有几天的时间，我无法适应凝然不动的大地。当我的双脚结结实实地踩在土地上的时候，感觉怪诞和恐慌。我焦灼不安地认为，只有那种不断晃动和起伏的颠簸，才是正常的。

你看，经历就是这么轻易地塑造一个人的感受和经验。当我们与快乐隔绝太久，当我们在凄苦中沉溺太深的时候，我们往往在快乐面前一派茫然。这种陌生的感觉，本能地令我们拒绝和抵抗。当我们把病态看成了常态时，常态就成了洪水猛兽。

一些人，对快乐十分隔膜。他们习惯于打拼和搏斗，竟不识天真无邪的快乐为何物。他们对这种美好的感觉，是那样骇然和莫名其妙，他们祷告它快快过去吧，还是沉浸在争执的旋涡中，更为习惯和安然。

还有一些人，顽固地认为自己注定不会快乐。他们从幼年起，就习惯了悲哀和苦痛。他们不容快乐的现实来打扰自己，不能胜任快乐的重量和体积。他们更习惯了叹息和哀怨，甚至发展到只有在凄惨灰色的氛围里，才有变态的安全感。那实际上是一种深深的忧虑造成的麻痹和衰败，他们丧失了宁静地承接快乐的本能。

他们甚至执拗地蒙起双眼，当快乐降临的时候，不惜将快乐拒之门外。他们已经从快乐焦虑症发展到了快乐恐惧症。当快乐敲门的时候，他们会像寒战一般抖起来。当快乐失望地远去之后，他们重新坠入喑哑的泥潭中，熟悉地昏睡了。

常常有人振振有词地说，我不接受快乐，是因为我不想太顺利了。那样必有灾祸。

此为不善于享受快乐的经典论调之一。快乐就是快乐，它并不是灾祸的近亲，和灾祸能有什么血缘的关系。快乐并不是和冲昏头脑想入非非必然相连。灾祸的发生自有它的轨迹，和快乐分属不同的子目录。中国有句古话，叫作乐极生悲。我相信世上一定有这种偶合，在快乐之后，紧跟着就降临了灾难。但我要说，那并不是快乐引来的厄运，而是灾难发展到了浮出海面的阶段。灾难的力量在许多因素的孕育下，自身已然强大。越是在这种情形下，我们越是要珍惜快乐，因为它的珍贵和短暂。只有充分地享受快乐，我们才有战胜灾难的动力和勇气。

许多人缺乏忍受快乐的容量，怕自己因为享受了快乐，而触怒了什么神秘的力量，怕受到天谴，怕因为快乐而导致自己毁灭。

快乐本身是温暖和适意的，是欢畅和光亮的，是柔润和清澈的，同时也是激烈和富有冲击力的。

由于种种幼年和成年的遭遇，有人丢失了承接快乐的铜盘，双手掬起的只是泪水。这不是他们的过错，却是他们永久的悲哀。他们不敢享受快乐，只能忍受。当快乐来临的时候，他们手足无措，举止慌张，甚至以为一定是快乐敲错了门，应该到邻居家去串门的，不知怎么搞差了地址。快乐美丽的笑脸把他们吓坏了。他们在快乐面前，感到大不自在，赶紧背过身去。快乐就寂寞地遁去。

快乐是一种心灵自在安详的舞蹈，快乐是给人以爱自己也同时享有爱的欢愉的沐浴，快乐是身心的舒适和松弛，快乐是一种和谐和宁静。

当我们奔波颠簸跳荡狂躁得太久之后，我们无法忍受突然间的安稳和寂静。我们在无边无际的喧闹中，遗失了最初的感动，我们已忘怀大自然的包容和涵养。我们便不再快乐。

很多人不敢接受快乐的原因，是觉得自己不配快乐。这真是一个奇怪的逻辑。快乐是属于谁的呢？难道不是像我们的手指和眉毛一样，是属于我们自身的吗？为什么让快乐像一个无人认领的孤儿，在路口徘徊？

人是有权快乐的。甚至可以说，人就是为了享受心灵的快乐，才努力和奋斗，才与人交往和发展。如果这一切只是为了增加苦难，我们还有什么理由为此奋斗不息？

人是可以独自快乐的，因为人的感觉不相通。既然没有人能代替我们切肤之痛的苦恼，也就没有人能指责我们的独自快乐。不要以为快乐是自私的，当我们快乐的时候，我们就播种快乐的种子。我们把快乐传染给周围的人，我们善待周围的世界，这又怎么能说快乐是自私的呢？

当我们不接纳快乐的时候，我们实际上是不尊重自己，不相信自己，不给自己留下美好驰骋和精神升腾的空间。

快乐是一种无拘无束的展翅翱翔，快乐是一种淋漓尽致的挥洒泼墨，快乐是一种两情相依，快乐是一种生死无言。

对于快乐，如同对待一片丰美的草地，不要忍受，要享受。享受快乐，就是享受人生。如果快乐不享受，难道要我们享受苦难？即便苦难过后，给我们留下经验的贝壳，当苦难翻卷着白色的泡沫的时候，也是凶残和咆哮的。

快乐是我们人生得以有所附丽的红枫叶。快乐是羁绊生命之旅的坚韧缰绳。当快乐袭来的时候，让我们欢叫，让我们低吟，让我们用灵魂的相机摄下这些瞬间，让我们颔首微笑地分餐它悠远的香气吧。

忍受快乐，是一种怯懦。享受快乐，是一种学习。

握紧你的右手

常常见女孩郑重地平伸着自己的双手，仿佛托举着一条透明的哈达。看手相的人便说：男左女右。女孩把左手背在身后，把右手手掌对准湛蓝的天。

常常想：世上可真有命运这种东西？它是物质还是精神？难道说我们的一生都早早地被一种符咒规定，谁都无力更改？我们的手难道真是激光唱盘，所有的祸福都像音符微缩其中？

当我沮丧的时候，当我彷徨的时候，当我孤独寂寞悲凉的时候，我曾格外地相信命运，相信命运的不公平。

当我快乐的时候，当我幸福的时候，当我成功优越欣喜的时候，我格外地相信自己，相信只有耕耘才有收成。

渐渐地，我终于发现命运是我怯懦时的盾牌，当我叫嚷命运不公最响的时候，正是我预备逃遁的

191

前奏。命运像一只筐，我把对自己的姑息、原谅以及所有的延宕都一股脑儿地塞进去。然后蒙一块宿命的轻纱。我背着它慢慢地向前走，心中有一份心安理得的坦然。

有时候也诧异自己的手。手心叶脉般的纹路还是那样琐细，但这只手做过的事情，却已有了几番变迁。

在喜马拉雅山、冈底斯山、喀喇昆仑山三山交汇的高原上我当过卫生员，在机器轰鸣铜水飞溅的重工业厂区里我做过主治医师。今天，当我用我的笔杆写我对这个世界的想法时，我觉得是用我的手把我的心制成薄薄的切片，置于真和善的天平之上……

高原呼啸的风雪，卷走了我一生中最好的年华，并以浓重的阴影，倾泻于行程中的每一处驿站。

岁月送给我苦难，也随赠我清醒与冷静。我如今对命运的看法，恰恰与少年时相反。

当我快乐当我幸福当我成功当我优越当我欣喜的时候，当一切美好辉煌的时刻，我要提醒我自己——这是命运的光环笼罩了我。在这个环里，居住着机遇，居住着偶然性，居住着所有帮助过我的人。

而当我挫折和悲哀的时候，我便镇静地走出那个怨天尤人的我，像孙悟空的分身术一样，跳起来，站在云头上，注视着那个不幸的人，于是我清楚地看到了她的软弱，她的懦怯，她的虚荣以及她的愚昧……

年近不惑，我对命运已心平气和。

小时候是个女孩儿，大起来成为女人，总觉得做个女人要比男人难，大约以后成了老婆婆，也要比老爷爷累。

生活中就像没有无缘无故的爱一样，也没有无缘无故的幸运。对于女人，无端的幸运往往更像一场阴谋一个陷阱的开始。我不相信命运，我只相信我的手。

因为它不属于冥冥之中任何未知的力量，而只属于我的心。我可以支配它，去干我想干的任何一件事情。我不相信手掌的纹路，但我相信手掌加上手指的力量。

蓝天下的女孩儿，在你纤细的右手里，有一粒金苹果的种子。所有的人都看不见它，唯有你清楚地知道它将你的手心炙得发疼。

那是你的梦想，你的期望！

女孩，握紧你的右手，千万别让它飞走！相信自己的手，相信它会在你的手里，长成一棵会唱歌的金苹果树。

图书在版编目 (CIP) 数据

幸福的七种颜色 / 毕淑敏著. –– 北京：北京十月
文艺出版社，2021.10（2025.5重印）
（毕淑敏散文集）
ISBN 978-7-5302-2130-3

Ⅰ. ①幸… Ⅱ. ①毕… Ⅲ. ①散文集—中国—当代
Ⅳ. ①I267

中国版本图书馆 CIP 数据核字 (2021) 第 072231 号

幸福的七种颜色
（毕淑敏散文集）
XINGFU DE QIZHONG YANSE
毕淑敏　著

出　　版　北 京 出 版 集 团
　　　　　北京十月文艺出版社
地　　址　北京北三环中路 6 号
邮　　编　100120
网　　址　www.bph.com.cn
发　　行　新经典发行有限公司
　　　　　电话（010）68423599
经　　销　新华书店
印　　刷　北京盛通印刷股份有限公司
版　　次　2021 年 10 月第 1 版
印　　次　2025 年 5 月第 2 次印刷
开　　本　880 毫米 ×1230 毫米 1/32
印　　张　6.5
字　　数　125 千字
书　　号　ISBN 978-7-5302-2130-3
定　　价　38.00 元
质量监督电话　010-58572393
如有印装质量问题，由本社负责调换。